ALLE BALLEN OP HEINTJE

Hugo Borst

Alle ballen op Heintje

Jeugdherinneringen

Nieuw Amsterdam Uitgevers

Deel 1 van *Alle ballen op Heintje* werd in 2004 in een beperkte oplage uitgegeven door Magazijn de Bijenkorf.

Eerste druk april 2009
Tweede druk april 2010

© 2009 Hugo Borst
Alle rechten voorbehouden
Omslagontwerp Mulder van Meurs
Omslagfoto Pim Ras
Typografie Willem Geeraerds
ISBN 978 90 468 0737 8
NUR 482/303
www.nieuwamsterdam.nl/hugoborst
www.hugoborst.nl

Voor mijn moeder, die van lezen houdt, en
mijn vader, die van voetbal hield.

Inhoud

Deel een

Proloog

Plotseling roept iemand dat we op de foto moeten. Ik ga naast Van Manen staan, de leider van WIA C1 met wie het binnen twee jaar rot zal aflopen.

Heintje zit op zijn hurken. Hij draagt de aanvoerdersband, niet om zijn leidinggevende kwaliteiten maar gewoon omdat hij de beste is van ons allemaal.

Staand v.l.n.r: Cor, Eddy, Evert-Jan, Norbert, Jantje, Rooie Ed, Hugo en Van Manen.

Zittend v.l.n.r.: Peter, Jan-Willem, Art, Ronnie en Heintje.

Die middag verliezen we. Dat gebeurt vaak als je voor de wedstrijd op de foto gaat. Geeft niet. Het is leuk voor later, zeggen ze, zo'n elftalfoto.

Cowie, Dickie, Heintje en de anderen

Met mijn vader ben ik in een zaaltje waar iets wordt gevierd. Ik denk dat het 1967 is, maar zeker weten doe ik het niet.

Op een barkruk zit een man voor wie ik bang ben. Toch kijk ik steeds naar hem. Hij staat in het middelpunt van de belangstelling. Als onze ogen elkaar raken, kruip ik verschrikt achter mijn vaders benen. Een paar seconden later zegt mijn vader dat ik naar de man toe moet gaan. Ik schrik me rot. Hij lijkt wel gek! Gelukkig, mijn vader praat alweer verder met iemand.

Vanuit mijn schuilplaats bespied ik de man. Hij heeft zwart haar, bakkebaarden, een gebruinde huid. Hij is gedrongen, breed en sterk.

'Ga nou maar, het is een voetballer van Sparta,' spoort mijn vader mij aan. 'Het is Laseroms,' zegt hij, waarschijnlijk vol ontzag. Mij zegt die naam nog niks.

'Nou, kom maar mee, dan vragen we hem om een handtekening.'

Zonder wat te zeggen zet Laseroms een handtekening op een ruiten blaadje in de Succes-agenda van mijn vader. Hij bedankt Laseroms ('bedankt, meneer Laseroms'), die zonder glimlachen knikt. Mijn vader scheurt het blaadje uit zijn Succes-agenda. 'Zo, die is voor jou. Goed bewaren hoor! Dat is leuk voor later.'

Toen Laseroms doodging op zijn negenenveertigste heb ik vergeefs gezocht naar die handtekening. Het is een van de zeldzame handtekeningen die ik ooit van een profvoetballer heb gekregen.

Onvindbaar.

Wanneer ik het ruiten blaadje met de handtekening ben kwijtgeraakt, ik weet het niet, hoogstwaarschijnlijk nadat Laseroms via Amerika bij Feyenoord was terechtgekomen. Misschien dat ik hem in 1970 – de koers zal extreem hoog zijn geweest nadat Feyenoord de Europacup I had gewonnen – wel met Cowie heb geruild tegen drie ontbrekende Vanderhout-voetbalplaatjes. Maar misschien heb ik die handtekening ook wel gewoon weggegooid bij het opruimen van mijn kamer. Ik vind het niet zo erg dat die handtekening zoek is. De vage herinnering is mij dierbaarder dan de handtekening zelf.

★

In de kleedkamer, waar het ruikt naar zweet en zweetsokken, zingen de jongens met wie ik net turnles heb gekregen uit volle borst een stom liedje.

Vrouwen zijn niets, vrouwen zijn niets
Ze weten nog niet eens wat voetballen is
Ze hebben een keeper
Een luie sodemieter
De bal komt eraan en de keeper laat 'm gaan

Mama is geen Dolle Mina, maar dit laat ze niet over haar kant gaan. Terwijl ze mij aankleedt zegt ze nijdig dat de jongens moeten ophouden.

En ik schaam me al zo. Daarstraks, boven in het wandrek, durfde ik niet meer naar beneden en zette het op een huilen. De meester klom omhoog om me te ontzetten. Een paar jongens lachten me tijdens de les steeds uit.

Met mama wandel ik via de Schiekade terug naar ons huis aan de Lombardkade. Onderweg zeg ik dat ik nooit meer naar gymnastiek ga. Ik wil op voetballen.

'Eerst ga je op zwemles,' zegt mijn moeder aan tafel. 'Dat weet je. Eerst je zwemdiploma's halen.'

'Ik wil op voetballen, papa.'

'Als je tien bent mag je op voetballen,' antwoordt hij.

'Ga eerst maar eens met dat jongetje op straat voetballen,' zegt mama.

Dat jongetje heet Corrie. Met zijn vader en moeder woont hij een paar huizen naast ons.

*

Op het schitterende veld van The Rising Hope, achter de Sunkist-fabriek, speelt WIA een zware uitwedstrijd. Mijn vader wijst naar de keeper en vertelt dat het heel knap is wat Bas presteert. 'Hij mist een vingertopje.'

Vanaf dat moment kijk ik gebiologeerd naar de blote handen van de doelman van WIA. Vanaf de zijkant zie je niks. Maar als mijn vader na rust achter het houten doel langsloopt, meen ik de hand te zien waaraan een vingertopje ontbreekt.

'Doe je best, hè Bas!'

Die draait zich even om en zegt ontspannen: 'Komt goed, Henk.'

'Had Bas niet beter voetballer kunnen worden?' vraag ik mijn vader in de wagen.

*

Het jongetje dat Corrie heet noemt zichzelf Cowie. Dat komt door zijn hazenlip, waar ik steeds gefascineerd maar heimelijk naar kijk.

Zijn moeder arrangeert voetbalafspraakjes. Ik

durf geen nee te zeggen tegen haar. Cowies moeder doet erg aardig en geeft altijd snoepjes. Met haar hoofd komt ze soms dicht bij het mijne. Als ze wat zegt ruik ik haar adem. Tegen mama zeg ik dat Cowies moeder uit haar mond stinkt.

'Ze stinkt niet uit haar mond, dat is knoflook,' zegt mijn moeder.

'Ze praat raar, net als Cowie,' zeg ik.

'Corrie,' verbetert mijn moeder en laat de r rollen. 'Corrie heeft een spraakgebrek door zijn hazenlip en zijn moeder komt uit Duitsland. Daarom praat ze een beetje anders. Wees maar lief voor die jongen, want hij heeft het niet gemakkelijk.'

★

Liever dan met Cowie voetbal ik met Richard, die zes jaar ouder is. Maar hij heeft vaak huiswerk te doen of moet zijn dove zussen ergens mee helpen. Richard vertelt mij allemaal geheimen. Op mijn zevende ben ik volledig seksueel voorgelicht. Om 't hoekie, tussen Lombardkade en Meent bij het spoorviaduct waar we voetballen, vertelt Richard tussen het doeltje schoppen door wat neuken, pijpen en beffen is.

Ik acht het mijn plicht om die vergaarde rare woorden en hun bijzondere betekenis te delen met

Cowie, maar die heeft geen interesse. Hij wil fietsen op de Sint Jacobsplaats. Nou, daar heb ik helemaal geen zin in. Ik wil voetballen.

We hebben vaak strijd over wat we zullen doen. Als hij zijn zin niet krijgt, wordt hij driftig, soms. Zijn moeder moet ons op een dag uit elkaar halen op zijn slaapkamer. Hij heeft me gekrabd en aan mijn haren getrokken. Cowie vecht als een meisje. Boos verlaat ik het huis om er voorlopig niet meer terug te komen.

*

De stad zweeft en bruist in de zomer van 1970. Rotterdam als centrum van Europa, nee van de wereld, nee van het universum. Pink Floyd, Santana, The Byrds en Jefferson Airplane in het Kralingse Bos. De manifestatie C70, Communicatie 1970 weetjewel. Rotterdam is niet alleen die stad zonder hart, Rotterdam heeft niet alleen een wereldhaven, Rotterdam is niet alleen een slaap- en een werkstad, nee in Rotterdam kun je leven, en hoe! Rotterdam gaat plotseling gezellig doen. Een kabelbaan door het centrum, en op en rond de Coolsingel, nou eigenlijk overal, zie je cafés, restaurantjes, kiosken en terrasjes verrijzen. Een stad vol bonte kleuren. Het Schouwburgplein heeft bankjes waar ouden van dagen en moeders met kinderwagens kunnen rusten en voor de kinderen zijn er speelvijvers. Op het voormalige Heliport-terrein is een Lunapark.

Rotterdam communiceert, Rotterdam 'spreekt' met zijn burgers en toeristen. Het kan niet op. EO-achtige blijheid en ongehoord optimisme strekken zich uit van de 's-Gravenweg tot en met de Spaanse-bocht en van de Grindweg tot en met de Charloise La-gedijk. Het lijkt wel of Rotterdam Culturele Hoofd-stad van Europa is.

Feyenoord heeft Rotterdam dertig jaar na het bombardement trots teruggegeven. Op 6 mei 1970 wint de club de Europacup 1 ten koste van Celtic. Feyenoord is heel groot in die tijd: de rijkste van Europa, de meeste supporters, de beste van Europa en in augustus de beste van de wereld! De loting voor het nieuwe Europacup 1-toernooi is een meevaller: UT Arad uit Roemenië. Het zelfvertrouwen is on-metelijk groot. In Rotterdam hoopt iedereen op een Europacupfinale Feyenoord-Ajax.

Maar Feyenoord strandt in de eerste ronde in een gammel stadion in Roemenië. Na de wedstrijd wordt de onttroonde kampioen uitgelachen door lelijke Roemeense mannen. En zo is Feyenoord al na vier maanden niet meer de beste van Europa. De beste van de wereld is Feyenoord nog korter ge-weest. Tot overmaat van ramp voor Feyenoord neemt Ajax het estafettestokje over: het regeert Europa maar liefst drie volle jaren en wint eveneens een keer de Wereldbeker.

'UT Arad, toen is de ellende begonnen,' zucht een Feyenoord-supporter decennia later.

'Geluk duurt nooit lang,' antwoord ik. 'Dat weet je toch ook wel?'

★

'Moet je niet naar buiten?' zegt mijn moeder tijdens het theedrinken. 'Corrie is buiten aan het voetballen.'

Ik sta op en kijk door het raam. Cowie voetbalt op de Sint Jacobsplaats. Ach, jezus, met zijn moeder. Hij voetbalt met zijn moeder.

Dat had mama er niet bij gezegd. Ze vindt het natuurlijk zielig dat Cowie met zijn moeder moet voetballen. Ik ook, maar dan op een andere manier. Wat een aanstellerig gedoe. En wie gaat er nou op de Sint Jacobsplaats voetballen? Op van die kinderhoofdjes met overal om je heen ruimte.

Daar heb je het al. Zijn moeder puntert de bal. Naast. Cowie, die keeper is, moet de bal achterna, die met een flinke snelheid over de kinderhoofdjes botst. Ik schiet in de lach om het koddige tafereel.

'Ga lekker naar buiten.'

Ik geef geen krimp.

'Ga toch naar buiten.'

'We hebben ruzie, mama.'

'Ach, je kunt niet eeuwig ruzie hebben.'

Ik ga naar boven, een Sjors & Sjimmie lezen. Maar in mijn slaapkamer aangekomen, realiseer ik me dat Cowie die heeft geleend. Ik ga op bed liggen en staar naar het plafond.

★

Er bestaat een foto van mijn broer waarop ik jaloers ben. Hij moet een jaar of acht zijn. Hij kijkt vol zelfvertrouwen in de lens. Typisch Laurens.

Hij zit geknield, dat wil zeggen: zijn linkerknie tegen de grond gedrukt, zijn rechterknie rust op een voetbal. Het decor: een weids trottoir, een straat met weinig auto's. Het straatvoetballertje Laurens dat nooit heeft bestaan.

Op het moment dat die schitterende foto wordt gemaakt, ben ik nog niet geboren, of misschien net wel. In elk geval ben ik te jong om te kunnen weten dat hij voetbalt op straat. Maar ik kan me nu niet voorstellen dat hij dat vaak deed. Laat ik aardig zijn en zeggen dat Laurens niet veel voetbaltalent heeft. Hij heeft überhaupt niks met voetbal. Hij is voor Feyenoord om mij te treiteren. Feyenoord presteert bijna elk weekend net iets beter dan Sparta, ook in de tijd dat Frits van Turenhout de uitslagen en de toto op de radio voorleest.

In de tijd dat Laurens met antiek op de markt staat, voetbalt hij op zondagmorgen met zijn vriendenschaar. *Angry young men*, zo uit de kroeg door naar het voetbalveld. Ze zijn niet eenkennig. Den Toom Boys, Leonidas, Aeolus en Germinal, ik heb hem bij elke club wel een paar keer zien spelen met onder anderen Ron en Hans, vrienden met wie hij dertig jaar later nog een kaartclubje vormt.

Ik ben grensrechter, ook als er zo gauw geen vlag voorhanden is. Zo sta ik met een zakdoek in mijn hand naast mijn broer opgesteld, want die wordt altijd linksback gezet. Hem souffleren durf ik niet, dat zou ten overstaan van zijn vrienden van weinig respect getuigen. Hij staat daar maar. Nooit komt hij op à la Ruud Krol, die hij alleen qua lang haar de baas is.

Laurens zal één keer in het strafschopgebied van de tegenpartij komen. Dat is om een penalty te nemen. Omdat hij nog nooit heeft gescoord, vinden zijn vrienden (het staat 6-0 of zo) dat een ludiek gebaar. Ik hoef er eigenlijk niet eens bij te vermelden dat hij mist. Laurens ontkent dat hij ooit een strafschop heeft genomen. Dat zou ik ook beweren in zijn plaats.

Wat ik wil zeggen is dit: absoluut niet kunnen voetballen en dan zo'n mooie foto met een knie die rust op een voetbal, waar heeft hij dat aan verdiend?

★

Ik mag niet met mijn vriendjes voetballen op het schoolplein
Ik mag niet met mijn vriendjes voetballen op het school-plein
Ik mag niet
Ik mag niet
Ik mag niet
Ik mag niet
Ik mag niet
Volgend jaar, in de zesde klas, zal ik meneer Lafeber krijgen. Hij is de baas van de school. Zoals hij voetballen haat, haat ik hem.

'Kijk niet zo brutaal naar me, Hugo. Heb je me begrepen?!' Lafeber pakt mijn bovenarm stevig beet en schudt eraan. Ik schijt peuken voor Lafeber maar toch trotseer ik hem. Het levert me alleen maar meer strafwerk op.

★

De kleinste speler van de christelijke voetbalvereniging WIA heet Heintje. Op een dag in mei leer ik

23

hem kennen. Naar zwemles hoef ik op zaterdag-middag gelukkig niet langer. Over drie maanden, als ik tien word, mag ik eindelijk gaan voetballen bij WIA. Alvorens mijn vader de kantine aan de Duijn van Maasdamweg inloopt, stelt hij me voor aan drie jongetjes van mijn leeftijd. Verlegen sluit ik me aan bij Ronnie, Eddy en Heintje, van wie mijn vader heeft gezegd dat hij de Zwarte Parel van D1 is.

'Ga je mee?' vraagt Eddy. 'We gaan kikkers van-gen.'

Rond het vliegveld Laag Zestienhoven sterft het in 1972 van de kikkers. Vangen is een kunst op zich als je het met blote handen moet doen. Ronnie en Eddy hebben er moeite mee.

'Wacht,' zegt Heintje. Hij gaat doodstil langs de waterkant zitten, als een reiger spiedend naar een vis. Eddy vindt dat het lang duurt. 'Schiet eens op.'

Heintje kijkt geïrriteerd om. 'Sssssssst!'

Weer die concentratie. Plotseling duikt hij op zijn prooi. Raak. Heintje stopt een vette kikker in een plastic zak, die ik van hem moet vasthouden. Dat is één.

Heintje luistert waar het gekwaak vandaan komt. Als wij te luidruchtig zijn, maant hij ons bits tot stil-te. Kikkers vangen is een ernstige zaak.

Zijn techniek van kikkers vangen intrigeert. Zijn hele wezen fascineert me vanaf de eerste minuut.

Zoals hij praat, snel, met stemverheffing, met die eeuwige schijnbare verongelijktheid. Zoals hij zegt wat de anderen moeten doen, dwingend maar zonder een zweem van arrogantie. Zoals hij uitblinkt in het veld en van ons ongewild figuranten maakt. Ik kan mijn ogen niet van hem afhouden. Mijn hele jeugd zal ik naar Heintje kijken.

'Wat gaan we met de kikkers doen?' vraag ik. Ik heb geleerd dat je mieren niet moet doodtrappen en kikkers staan hiërarchisch boven mieren. Ik vind het zielig, al durf ik dat niet hardop te zeggen. Heintje zou kunnen lachen.

'Loslaten in de kantine natuurlijk,' zegt Eddy.

'Ik stop er eentje in de hoed van meneer Boere,' lacht Heintje.

Ronnie, kleinzoon van meneer Boere, giechelt.

Heintje heeft schitterende witte tanden.

Even later springen er kikkers door de kantine van WIA. Ons wordt dringend verzocht om buiten lekker een potje te gaan voetballen. Maar eerst die kikkers vangen.

'We gaan amerikanen,' beslist Heintje als de kikkers zijn teruggezet in de sloot. Hij draait zich naar mij om. 'Doe je ook mee?'

Tot mijn negende ben ik nooit een jongetje tegengekomen, op straat, op school of op het veldje bij de bosjesschool, dat beter kan voetballen dan ik.

Heintje is van een andere orde, zie ik na vijf minuten amerikanen. Hij voetbalt in de hoogste versnelling. Het is alsof hij een andere sport beoefent dan Eddy, Ronnie, ik en alle anderen. Dat is een schok voor een jongen van negen jaar, die hoopt om op een dag het Nederlands elftal te halen. Na het zien van Heintje heb ik eigenlijk nooit meer geloofd in een loopbaan als profvoetballer. Bewondering wint het van jaloezie.

*

WIA wordt op 5 mei 1927 in Kralingen opgericht door jongelui die er principiële bezwaren tegen hebben om op zondag te voetballen. In dominee Wolf, die volgens de overleveringen zelf een groot voetballiefhebber is, vinden zij iemand die hun behulpzaam wil zijn. De afkorting WIA betekent niet zoals iedereen denkt Winnen Is Alles, maar Wakker In Alles. Hoogstwaarschijnlijk is het verzinnen van deze idiote naam het werk van dominee Wolf. Wakker In Alles is een fragmentje uit het Oude Testament. *Maar gij, wees wakker in alles, lijd verdrukkingen; doe het werk van een evangelist, maak, dat men van uw dienst ten volle verzekerd zij.* (Timotheus 2:5) Als tegenstanders vragen waar de afkorting WIA eigenlijk voor staat lieg ik dat WIA Winnen Is Alles betekent.

Mijn hele leven speel ik al bij Wakker In Alles. Het blauwe shirt met oranje kraagje en manchetten, de blauwe broek met oranje streep en de blauwe kousen met oranje band kopen alle spelers bij de sportzaak van Bob Janse aan de Beneden Oostzee-dijk die, zo vermeldt het clubbulletin, tien procent korting geeft aan leden van Wakker In Alles. Dat Janse, vroeger voetballer en trainer van Excelsior, iedereen tien procent korting geeft en dat er in de wijde omtrek van Rotterdam geen sportzaak te vin-den is die het traditionele WIA-shirt verkoopt, zegt evenveel over de bespottelijkheid van de advertentie als over de nietigheid van Wakker In Alles. In een-enzestig jaar (in de Nederlandse Christelijke Voet-balbond en in de Rotterdamse Voetbal Bond) wordt het eerste elftal van Wakker In Alles geloof ik drie keer kampioen. Van een sprong naar de KNVB is nooit sprake geweest tussen de eerste voorzitter, Adriaan Kroon, en de laatste, Jeanne Spuybroek. Die anonimiteit is ons bestaansrecht, denk ik. Al-leen Heintje is voor WIA veel te goed. Elk jaar in mei ben ik bang dat hij ons zal verlaten.

*

Van mijn zakgeld, vijftig cent per week, koop ik een pakje voetbalplaatjes bij de sigarenboer op de

Meent. Mijn album *Voetbalsterren van Vanderhout* (*een eksklusieve uitgave met medewerking van de vereniging van contractspelers*), eredivisie 1971/1972, is voor driekwart vol.

Buiten kan ik niet langer wachten om het zakje te openen. Maar het gaat nogal moeilijk. In mijn opwinding scheur ik de plaatjes kapot. De tranen schieten in mijn ogen. Jørgen Kristensen. Die had ik nog niet. Maar in twee stukken is het plaatje waardeloos.

Als ik huilend thuiskom, vraagt mijn broer hoe duur zo'n zakje is.

'25 cent.'

'Hier heb je een kwartje. Ga maar een zakje kopen. Maar wachten met openmaken tot je hier bent.'

Ik ren naar de winkel van de gebroeders Van Dalen en kies een nieuw zakje uit. Even hard ren ik weer terug naar huis, sprint de trappen op en sta buiten adem bij het bureau van mijn broer.

'Maak maar open,' zegt mijn broer de weldoener.

Kristensen zit er niet in, maar wel de in mijn album ontbrekende Johan Neeskens en Theo Lazeroms. Lazeroms, gespeld met een z. De andere vijf heb ik dubbel.

Snel naar Cowie, misschien heb ik een dubbele

voor hem. Die kan ik misschien ruilen voor Jan van Beveren, de keeper van PSV, die vroeger bij Sparta speelde. Al weet je het met Cowie nooit. Als hij weet dat je er eentje heel graag wilt hebben dan vraagt hij er rustig twee plaatjes voor terug. Die hazenlip gaat later stinkend rijk worden.

★

Mijn moeder is de beste voorlezer van de hele wereld. Mijn vader verzint aan mijn bed verhaaltjes. Het verhaal dat de meeste indruk op me maakt, blijkt waar gebeurd te zijn. Het is schitterend.

Mijn vader begint zo:

Er was eens een man die heette Redman. De Engelssprekende donkere man verrichtte tijdelijk technisch werk in Rotterdam voor een Zuid-Amerikaans bedrijf. Hij meldde zich aan bij de onbekendste amateurclub van Rotterdam, WIA, en wat bleek, Redman was een weergaloze keeper die, alleen omdat hij soms op de wedstrijddag moest werken en dus weleens ontbrak, in het tweede elftal belandde waarin mijn vader ook speelde.

Een verdienste was een plaatsje in het tweede niet, want meer teams telde WIA in 1947 niet. Redman, die algauw joviaal werd aangesproken met 'Red', deed de spelers van het doorgaans verliezende tweede opfleuren. Met Redman op doel kon er niks gebeuren. Hij bleek verder een uiterst beminnelijke, beschaafde man te zijn, vrolijk in de omgang, en mede vanwege zijn gebroken Nederlands en grappige Engels een gezellige causeur.

Redman zag er altijd verzorgd uit, van zijn schoenen tot en met zijn kapsel. Ook in de kleedkamer keken zijn ploeggenoten met bewondering naar hem. Redman hing zijn kleding zorgvuldig aan het zelf meegenomen klerenhangertje en na afloop bij het inruimen van zijn voetbalkoffertje haalde hij alvast de veters uit zijn voetbalschoenen omdat die na elke wedstrijd gewassen werden! Redmans voetbalschoenen leken wekelijks wel opnieuw te zijn aangeschaft, want ze glommen van de trouwe poetsbeurten. Zijn hele verschijning maakte diepe indruk, niet in de laatste plaats op de verloofden van de talentlozen van het tweede.

Hoewel hij nooit blunderde keek Redman altijd diep bedroefd en schuldbewust naar zijn medespelers als hij eens een bal had moeten doorlaten. Vervolgens verrichtte hij de ene fraaie redding na de andere, trapte ver uit, zo ver dat hij vaak aan de basis stond van doelpunten en overwinningen.

Op een dag moest WIA 2 tegen DOTO uit Pernis spelen. Dat elftal was favoriet voor de titel en won de meeste wedstrijden met grote cijfers. De WIA'nen gingen er dan ook heen zonder zich illusies te maken. Maar Redman dacht daar anders over. Hij die het altijd koud had – en daar was op die sombere zaterdag in december ook alle reden voor, want er stond een gure, sterke wind, het regende licht en de temperatuur was net boven 0 – kreeg geen kans om aan de kou te denken, aangezien hij voortdurend in actie moest komen. De wedstrijd zat er bijna op en wonder boven wonder stond het nog steeds 0-0. Redman verrichtte reddingen, waarvan de schaarse toeschouwers (zeven à acht) hoorbaar genoten ('Bravo, Red!' en: 'Goede save, keeper'). Ook in de tweede helft, ondanks de wind in de rug, kwam WIA 2 zelden aan aanvallen toe. Er was sprake van een heuse omsingeling. Echt, zonder Redman zouden mijn vader en de zijnen met 8-0 hebben verloren. En nu gloorde een gelijkspel. Nog enkele minuutjes te gaan.

Uit een terugspeelbal van de slim spelende routinier Heukels kreeg Redman de bal in handen. Hij vertraagde niet, nee tegen alle logica in maakte hij haast en schoot vanaf de rand van het strafschopgebied onbedaarlijk hard uit. De door de wind gedragen bal ging hoog over alle spelers heen, ja zelfs over de zeer ver voor zijn doel staande keeper van DOTO, die vergeefs opsprong en de bal achter zich in het doel zag verdwijnen. 0-1! Op voorsprong en bijna tijd! Kunt u zich voorstellen hoe die matige voetballers van WIA 2 zich voelden?

Echter, tot ieders verbazing wees de scheidsrechter niet naar het midden, maar maande de keeper van DOTO tot het nemen van een doelschop! De WIA'nen protesteerden allemaal heftig, maar de scheidsrechter was niet van zijn standpunt af te brengen. 'Niemand heeft uit de uittrap de bal geraakt, dus is het een achterbal,' zei de scheidsrechter, die kennelijk zo zijn eigen spelregels hanteerde. Er hielp geen moedertje lief aan. Na de doelschop blies hij onmiddellijk af.

Nooit heeft mijn vader een zo bedroefde speler gezien als Redman. Tranen stonden in zijn ogen. Dit was de wedstrijd van zijn leven geweest. Zijn doel schoonhouden en pal voor tijd nog scoren ook. Een schrijver van een jongensboek zou zich generen voor zo'n ongeloofwaardig scenario.

Redman vertrok na dit bizarre voorval vrij snel naar zijn vaderland en bij WIA hebben ze nooit meer iets van hem vernomen. Hij moet, als hij net als mijn vader of andere WIA'nen aan deze wedstrijd terugdenkt, hopelijk weemoedig glimlachen.

Mijn vader heeft me het verhaal meer dan eens van begin tot eind verteld terwijl hij naast me op bed lag.

Zo eindigt het:

Pas na een kwartier hervond de sportieve Redman zich. *'We go home, next time better!'* Toen de WIA-nen naar de bushalte liepen, kwam de scheidsrechter op zijn fiets voorbij. Redman zag hem ook. Hij kon het niet nalaten hem iets toe te roepen. Er kwam geen vloek over zijn lippen. Hij bleef zoals altijd correct. Een gentleman. Redman zei alleen maar: *'How could you do that, man!'*

De scheidsrechter fietste zwijgend verder.

★

We staan op de Jongenstribune. Ik heb Cowie meegenomen naar een wedstrijd van Sparta. De wedstrijd kan hem niet boeien. Hij begint flesjes op te halen en komt telkens terug met een handvol statiegeld. Voor de supporters gaat hij ook biertjes halen. Het wisselgeld mag hij houden. Cowie heeft zijn paarse kinderkaartje van een gulden er al dubbel en dwars uit.

Het liefst volg ik de wedstrijd, maar nu het zo gemakkelijk blijkt om geld te verdienen sta ik in dubio. Cowie brengt me altijd uit balans. Ik mag hem gewoon niet. Hij stinkt uit zijn bek, geeft nog geen dropje weg en hij weet het altijd beter. Als ik een hazenlip zou hebben, dan zou ik niet zo eigenwijs zijn.

Ik heb hem voetballen geleerd en nu hij kan zien hoe echte profvoetballers het doen, gaat hij flesjes lopen ophalen. Ik zeg dat hij beter de wedstrijd kan volgen, maar Cowie haalt zijn schouders op, loopt weg, op zoek naar meer flesjes.

Daar komt hij weer aan. Als hij maar niks zegt, ik schaam me rot voor hem. Hij had gewoon zwijgend met mij naar de wedstrijd moeten kijken. Maar nee hoor, hij laat een uitgestoken, zweterige hand vol centen, stuivers, dubbeltjes, kwartjes en een gulden zien en in zijn broekzak zit nog meer. En dan die triomfantelijke, stomme grijns. 'Ik ga vaker met je mee.'

Hij doet het om mij te pesten, ik weet het zeker. Na afloop op weg naar huis vertelt hij mijn vader hoeveel geld hij heeft opgehaald.

'Zo, dat is heel wat Corrie. En jij?'

'Ik heb naar de wedstrijd gekeken.'

Cowie besluit ik nooit meer mee te nemen.

⋆

Om 't hoekie heb je aan de kant van de Lombardkade een kantoortje. Er is bijna nooit iemand. Dat is maar goed ook, want haaks op de blinde muur bevinden zich negen kleine ruitjes, die door mij zwaar zijn beproefd. Het mag een wonder heten dat het glas nog niet gesneuveld is. Voor de zekerheid wijken we daarom meestal uit naar de kant van de Meent waar ook een blind muurtje staat. Maar direct daarnaast zit sinds kort een café.

De baas is Henk Bijl, een beroemde doelman uit vervlogen tijden. Eigenlijk heet hij Van der Bijl maar iedereen in Rotterdam schijnt die tussenvoegsels weg te laten.

'Voordat Treytel en Pieters Graafland op goal stonden was Henk Bijl de keeper van Feyenoord,' zegt mijn vader. 'Jij was toen nog niet geboren.'

Het komt mij vreemd voor dat iemand die zelf profvoetballer is geweest kinderen die een balletje trappen wegjaagt. Want dat doet Henk Bijl, nadat mijn nieuwe vriendje Dickie per ongeluk op het raam heeft geschoten, zonder dat het glas sneuvelt overigens.

'Hé, ga lekker op de Sint Jacobsplaats spelen, jongens,' zegt Henk Bijl, die naar buiten is komen stormen. 'Daar is ruimte genoeg. Straks gaat die ruit in.'

'De bal is van plastic, meneer,' zeg ik.

'Als die ruit een keer kapotgaat, weet ik je vader te vinden hoor. Hup, wegwezen.'

We schuiven tien meter op, richting Lombardkade, naar het andere muurtje. Een klein groen elektriciteitshuisje, ter grootte van een deur, ontbreekt

hier echter. Dickie en ik kunnen hier niet één tegen
één spelen. Partijtje is het allerleukste. Nu kunnen
we voortaan alleen maar goaltje schieten.

★

We spelen thuis tegen EDS D1. Heintje staat rechtsbuiten, ik rechtshalf. De tegenstander is veel beter. Ik
verlies mijn eerste officiële voetbalwedstrijd met 5-1.
Heintje, die een paar maanden geleden nog zo aardig
voor me was, is boos. Ik ben een beetje bang voor
hem. Hij kan niet zo goed tegen zijn verlies, denk ik.
Als hij na een hopeloze achterstand scoort is hij niet
blij en weigert een felicitatie in ontvangst te nemen.

★

Na school drink ik met mama een kopje thee, zoals
altijd.
    'Ik moet je iets zeggen.'
    Zo begint mijn moeder nooit. Nieuwsgierig
luister ik naar het onheil dat komen gaat.
    'Corrie woont hier niet meer. Zijn moeder is weg-
gelopen bij zijn vader. Ze heeft Corrie meegenomen.'
    'Godver, hij heeft mijn Sjors & Sjimmie-boeken
nog,' zeg ik.
    'Nou, is dat alles wat je kan zeggen?'

'Ja.'

'Maar hij was toch een vriendje van je. Je zult hem vast missen.'

Ik schud mijn hoofd. 'Hij was helemaal geen vriendje. Tonnie en Gerard zijn mijn vriendjes.'

'Maar die wonen ver weg. Met Corrie kon je lekker voetballen.'

'Met Dickie ook. En die doet tenminste niet zo stom.'

Zwijgend drink ik mijn thee.

'Mama.'

Ik weet honderd procent zeker dat ze nee zal zeggen, maar toch vraag ik het.

'Mag ik ook laarzen met plateauzolen?'

'Nee, dat heb ik je al eens gezegd: plateauzolen zijn heel slecht voor je voeten.'

'Maar Tonnie heeft ze ook.'

'Nou, dat moet Tonnies moeder dan maar weten. Jij draagt niet voor niets steunzolen. En wat moet jij met een zakmes?'

Mijn moeder heeft het zakmes gevonden. Ik voel dat ik rood kleur.

'Hoe kom je daaraan?'

'Geruild,' lieg ik.

'Met wie?'

'Carol.'

'Geruild waarvoor?'

'Een pen.'

'Welke pen?'

Mijn moeder lijkt inspecteur Columbo wel.

'Mijn vierkleurenpen.'

'Ik wil niet dat je met een zakmes loopt.'

'Waarom niet?'

'Waar heb je een mes voor nodig?'

'Nou gewoon. Da's handig.'

Quasi-boos ontvlucht ik de woonkamer.

Om 't hoekie begin ik de bal tegen het muurtje te trappen. Zacht met binnenkant voet, dan hard met de wreef. Ik probeer de bal telkens in één keer dood te leggen.

Hoe kon ik nou toch zo dom zijn om het zakmes in mijn vuile broek te laten zitten?

★

Om het jaar speel ik met Heintje in een elftal. Met hem voel ik me, en wij allemaal, onoverwinnelijk. Als we verliezen dan komt dat omdat ze hem hebben lopen trappen of het veld uitgeschopt. Heintje is een geboren voetballer. Naast mij ziet het er waarschijnlijk allemaal nog spectaculairder uit. Hij pingelt beter, sprint sneller, schiet harder, tackelt, kopt. Ondanks zijn geringe lengte kan hij fantastisch koppen. Zijn sprongkracht doet aan Bob Beamon denken.

Wow, hij vliegt gewoon even. Heintje klopt ze alle-maal in de lucht. Wat een atleet. Hij is de trots van onze club. Alle ballen op Heintje!

★

De man van het kantoortje is er niet. Anders had hij ons al lang weggejaagd.

De bal die door Dickie is gegooid neem ik vol op mijn slof. Op het moment dat hij mijn schoen ver-laat, weet ik het al.

Hij gaat in de richting van een van de negen ruit-jes. Als ik geluk heb komt de bal op een houten sponning terecht.

Dickie doet nog een poging de bal te keren, maar hij staat te ver weg. Ik trek mijn nek in, knijp mijn ogen samen. De bal komt in het hart van het middel-ste ruitje, dat breekt.

Het blijft een schitterend geluid. Het klinkt heel anders dan rinkeldekinkel. Veel opwindender. De volumeknop van alle geluiden om me heen is zacht gedraaid, die van het contact tussen bal en ruitje staat maximaal.

'Wegwezen, Dickie!' schreeuw ik.

We stiefelen weg, in de hoop dat niemand ons heeft gezien, maar nog voor het spoorwegviaduct is bereikt horen we zijn stem.

'Ik heb jullie wel gezien hoor,' roept het oude mannetje, wiens balkon uitkijkt op ons stenen voetbalveldje. Hij heeft een keer het mes gezet op Dickies bal, die ouwe gek.

'Je bent erbij,' zegt Dickie.

*

Door het raam zie ik de jongens richting de Bosjesschool lopen. Het is woensdagmiddag en ik heb straf.

Vorige week ben ik met mijn Antilliaanse vriendje Carol gesnapt in de V&D. Elke woensdagmiddag gaan we uit stelen. Met een stuk of zes jongens duiken we de Hema en V&D in. Het is simpeler dan ik dacht. Je ziet iets wat je hebben wilt, je kijkt om je heen of iemand je in de gaten houdt en zo niet, dan stop je het gewoon in je zak. Niet te lang dralen, niet te lang in één winkel blijven, want dat wekt achterdocht.

Een paar weken eerder zie ik het zakmes liggen. Ik ben verkocht. Begeerte neemt bezit van me. Geen denken aan dat mijn moeder zo'n ding ooit voor mij zou kopen. Ik moet en zal het zakmes hebben.

Mijn hart bonst in mijn keel. Ik kijk naar Carol, die net iets in zijn zak stopt. Hij knikt even naar me, als een soort van geruststelling. Als ik het mes in mijn jaszak laat glijden, voel ik een mij onbekende zinderende opwinding, een gevoel waarbij het maken van een doelpunt in het niet valt.

Maar vorige week ben ik dus gepakt. Carol gooide steeds iets in het plastic tasje dat ik in mijn hand had. Toen we op de roltrap stonden, pakte een man ons stevig aan een hand en zei dat we even mee moesten komen. In een ruimte wees de man naar een beeldscherm waarop winkelende mensen te zien waren. 'Op deze beelden hebben we gezien dat jullie hebben gestolen.'

Carol ontkende met een stalen gezicht.

'Waar zijn de bonnetjes dan?' vroeg de man aan Carol.

'Die hebben ze niet gegeven toen we betaalden.'

'Heb jij ook gestolen?' vroeg de man.

'Ik heb niks gestolen,' zei ik. Dat was waar, maar het was ook niet waar. Carol ontvreemdde de spulletjes maar ik was als drager van het tasje zijn medeplichtige.

De man vroeg of ik weleens eerder had gestolen.

Ik loog en zei van niet.

'Jij hebt een zakmes gestolen,' zei Carol plotseling.

'Nietes.'

'We gaan de politie bellen, jongens. En één ding: ik wil jullie nooit meer in V&D zien. Is dat goed begrepen?'

Twee politiemannen zonder uniform kwamen ons ophalen. Carol en ik moesten in een Volkswagen Kever stappen, die ons naar het politiebureau aan het Haagseveer zou brengen.

'Waar woon je?'

'Lombardkade, meneer,' antwoordde ik.

'Is je moeder thuis?'

Godzijdank niet. Ze is er altijd, maar die middag was ze op visite bij haar zussen.

'Weet ik niet.'

'Laten we maar eens kijken dan.'

De Kever stopte voor de deur. Er werd natuurlijk niet opengedaan. De politieman gooide een stuk papier in de brievenbus.

Carol en ik kwamen met nog acht jongens in een kleine, benauwde cel terecht op de afdeling Kinder- en Zedenpolitie waar mijn opa jarenlang heeft gewerkt.

Pas toen alle kinderen door grote broers en zussen waren gehaald verscheen mijn vader. Door de glazen celdeur zag ik hem naar me kijken. Ik sloeg mijn ogen neer.

Ik hoorde iemand aan hem vragen of hij de zoon was van oud-collega Bastiaan Borst.

Zwijgend voerde mijn vader me mee naar zijn DAF.

'Ik ben ontzettend in je teleurgesteld,' zei hij

onderweg alleen maar. Ik gaf geen antwoord.

Thuis moest ik zonder eten naar bed. De volgende morgen zei mijn moeder dat ik de komende woensdagmiddagen huisarrest had.

Ik verveelde me kapot thuis.

★

Dit keer heeft Tonnie het lef gehad om een tennisballetje mee te nemen. 'Het is zelfmoord,' zegt een jongen uit de zesde dramatisch, 'ik doe niet mee.'

Lafaard. Hoe meer er meedoen, hoe minder kans op represailles.

We zijn met een stuk of dertien man, te weinig om aan strafregels te ontkomen als we worden gepakt, maar we wagen het erop.

'Wie poten d'r?'

'Nemen jullie maar een mannetje meer,' zegt Gerard, 'maar dan zijn wij bij elkaar.' Tonnie, Gerard en ik voetballen bij WIA ook samen. Met nog drie jongetjes uit de vierde klas moeten we het kunnen houden.

De vraag is niet wie er wint, maar of we gesnapt zullen worden. De kans is een op drie. Die zesdeklasser heeft wel een beetje gelijk met zijn zelfmoord.

Voetballen op het schoolplein is strikt verboden.

Lafeber schept er genoegen in om ons te pakken te krijgen.

Het is een raar soort wellust die huist in de strenge hoofdmeester. Waarschijnlijk houdt hij niet van voetbal, al vinden we zijn argument dat het veel te gevaarlijk is om op een schoolplein te voetballen niet erg steekhoudend. Alsof je met tikkertje spelen of een slinger maken geen gevaar loopt.

Hij schept er genoegen in voetballertjes strafregels te laten schrijven. Wel tien keer was ik met mijn vriendjes de lul.

Ik mag niet met mijn vriendjes voetballen op het schoolplein

Ik mag niet met mijn vriendjes voetballen op het schoolplein

Ik

Ik

Ik

Ik

Ik

Meestal word ik gesnapt als ik de strafregels woord voor woord verticaal schrijf. Woedend wordt hij dan. Toch doe ik het altijd. Uit protest. Maar wie zijn strafregels niet een voor een horizontaal schrijft, krijgt – bij controle – een verdubbeling opgelegd. Ik neem het risico. Het is stoer om duidelijk te maken dat een voetbalverbod belachelijk is. Waarom zou je op elke school in Rotterdam mogen voetballen op het schoolplein, behalve bij ons op de Keucheniusschool?

Met z'n allen houden we de trap scherp in de gaten. Daar kan hij ieder moment verschijnen, al laat hij ook weer niet elke middag zijn gezicht op het schoolplein zien. De angst voor Lafeber gaat ten koste van de wedstrijdconcentratie. De kunst is om, zodra die ouwe zak naar buiten komt, onmiddellijk te stoppen. Cruciaal is om het balletje zoek te maken. Dan heeft hij geen bewijs.

En nog wat. Lafeber neemt elke bal in beslag, zoals de juut dat in zijn tijd gedaan moet hebben. Daarom spelen we nooit met een plastic, laat staan met een lederen voetbal. We voetballen met tennisballetjes. Ook gebruiken we weleens blikjes of andere waardeloze gebruiksvoorwerpen. Maar omdat hij dan niets in beslag kan nemen, wordt Lafeber nog razender.

Hoeveel balletjes zou hij al hebben ingepikt? En wat doet hij ermee? Niemand heeft ooit zijn bal teruggekregen. Het is je reinste diefstal.

'Heb-ie 'm!!!!'

Gerard is in balbezit. Hij schiet het balletje over de grond weg in de richting van een berg herfstbladeren en holt achter een vierdeklasser aan, zogenaamd tikkertje spelend. Ik zak door mijn knieën en doe net of ik met Tonnie aan het knikkeren ben. Ook de anderen doen of hun neus bloedt. Tonnie en ik giechelen van de spanning.

'Wat doet Lafeber?' hinnikt Tonnie op zijn hurken.

Als een Duitse gevangenbewaarder blijft de hoofdmeester op zijn wachttoren staan.

'Vanavond *Colditz*,' zeg ik tegen Tonnie, terwijl ik doe of ik een knikker wegpiek. Ik neurie de begintune van mijn favoriete oorlogsserie en kijk vanuit een ooghoek naar Lafeber boven aan de trap. Hij staat daar maar te staan. Voetballen kunnen we vandaag vergeten, maar strafregels blijven ons bespaard. Tonnie begint de begintune van *Q & Q* te zingen, zijn favoriete jeugdserie.

*

Op vrijdagmorgen stap ik uit bed en loop naar het raam. In het Stokviswater miljoenen minuscule cirkeltjes. Iets tussen motregen en miezeren in. Het kan beroerder.

Maar aan de overkant ligt over de tienduizenden kinderhoofdjes van de Sint Jacobsplaats een onheilspellende schittering; het heeft vannacht hard geregend. Meer bewijzen: daar en daar en daar zie ik plassen. Nu gaat het morgen vast niet door. Het is verdomme bijna de hele week droog geweest.

Ik ben boos. Alleen een westenwind, kracht zes, kan de velden droogblazen. Elke amateurvoetballer weet dat soort weerdingetjes. Bijvoorbeeld: zolang er ijs in de sloot ligt, zit er vorst in de grond en is er dus geen competitievoetbal.

Op school heb ik mijn aandacht er niet bij. Ik denk aan morgen. Zaterdag spelen we thuis tegen Groen Wit. Ik kijk op vrijdag meer naar buiten dan op andere schooldagen. Ik dagdroom van de wedstrijd en bezie de wolken met een kennersoog. De wolken zijn grijs, in alle schakeringen, van licht naar donker. Ze worden dreigender. Het begint te regenen. De regen slaat op de ruiten. Lafeber doet het licht aan. Een veeg teken.

Het heeft iets gezelligs, regen die op de ruiten klettert, maar de gevolgen zijn rampzalig. Ik zeg tegen Tonnie en Gerard dat het morgen niet doorgaat. Ze knikken. Zij vinden het lang zo erg niet als ik, lijkt wel.

Vrijdagavond om zes uur liggen de meeste afdelingen eruit, maar gek genoeg niet de afdeling Rotterdam.

Hoop, wanhoop, hoop.

Om het kwartier sta ik peinzend voor het raam. Alsof ik daarmee de regen kan bezweren. Ik kijk naar de populieren aan de overkant. De wind doet de takken buigen. Laat het alsjeblieft doorgaan morgen.

's Nachts om een uur of drie ben ik klaarwakker. Eruit. Kijken of het regent. Nee! Het waait! Juichend spring ik terug in bed.

Om half acht spring ik uit bed en sprint naar het raam. Het plenst. Nee hè. Hoelang hoost het al? Weer die onheilspellende schittering over de Sint Jacobsplaats. Veel te veel plassen.

Het gaat niet door. Vast niet. Eindelijk, het nieuws van acht uur. De afdeling Rotterdam ligt er nog niet uit. Ik kan het niet geloven. Het is ook droog nu. En de wind komt weer opzetten. Snel, bellen naar de kantine.

In gesprek.

Weer in gesprek.

De spanning is dubbel. Gaat de telefoon over? En: gaat het door? Na een keer of twaalf wordt er opgenomen. 'Kantine WIA.'

'Gaat D1 door...?'

'Nee, alleen het eerste en A1.'

★

Evert-Jan lijkt sprekend op Obelix. Van ons allemaal is hij de grootste en de slechtste voetballer. De trainer van D1 zet hem altijd rechtsback. Daar kan hij geen kwaad. Evert-Jan houdt zijn plaats op het schoolbord zo goed in gedachten dat hij de linksbuiten meestal uit het oog verliest.

Hij houdt hem toch niet bij. Evert-Jan is twee keer zo zwaar als onze slungelige rechtsbuiten. Niemand die Evert-Jan ooit een tegendoelpunt kwalijk neemt. Je stinkende best doen met een massief lichaam, dat valt niet mee begrijpen wij, Asterixjes.

Evert-Jan wordt niet bewust overgeslagen, maar erg veel aan de bal is hij ook weer niet. Op de helft van de tegenstander gaat het spel helemaal aan hem voorbij. Op het krijt van de middellijn wacht hij tot onze aanvallers of middenvelders de bal verliezen. Dan moet hij in actie komen, weet hij. Hij staat daar maar te staan, terwijl hij achter zijn rug een denkbeeldige obelisk vasthoudt.

Op een regenachtige morgen in oktober spelen we op veld 2 tegen RADIO of WICO of is het Pechvogels? Evert-Jan wacht op de middellijn op de aanvallers die maar niet willen komen. Zomaar ineens verlaat hij zijn territorium. Hij trekt nooit à la Wim Suurbier naar voren, maar nu wel en hij krijgt de bal ook aangespeeld. We roepen dat hij moet schieten.

Schieten! Schieten!

Hij schiet. Het is een gore punter. De afstand naar het doel is krankzinnig ver voor een D-pupil, wel 25 meter, maar de bal wordt gedragen door de wind. Allen kijken we hem na. De tijd staat stil en met de tijd de wedstrijd en de spelers. Alleen de bal maakt vaart, al zie ik hem weer in vertraging gaan.

Na een stilte spat de bal op de houten lat terug het veld in. Wij horen het allemaal; de lat kreunt even onder zo veel geweld. De tijd begint weer te lopen. De volumeknop is weer omhooggedraaid. We bewegen weer.

Soms is zo'n explosie mooier dan een doelpunt, zal Ronald Koeman op een dag tegen me zeggen. Ik begrijp wat hij bedoelt. Ik hoef maar terug te denken aan het schot van Evert-Jan, de grootste en minste voetballer van ons allemaal, met wie het niet bijster goed zal aflopen.

Na afloop drinken we een flesje Exota en hebben het over het afstandsschot van Evert-Jan en de houten lat die maar bleef bibberen. De afdruk van de modderige bal heeft er het hele seizoen gezeten.

★

's Ochtends voor de spiegel zie ik de wallen onder mijn ogen. Het is de tol van een doorwaakte nacht.

'Waar maak je je nou druk om?' zegt mijn vader bij het ontbijt. Een penalty is maar een penalty, vindt hij. Kies een hoek en denk niet aan de keeper. De grote fout is om de keeper te betrekken bij een penalty. Als je trap hard en zuiver is, heeft geen keeper iets in te brengen. Ook Pim Doesburg niet.

Mijn vader heeft gemakkelijk praten. Zijn grote kracht als voetballer was ingooien. Helemaal volgens de spelregels. Voeten aan de grond, handen in de nek en dan een ferme worp. 'Goed zo, Henk!'

Tja, ingooien is gemakkelijker dan een penalty nemen en een fout heeft geen ernstige gevolgen.

Elke woensdagmiddag nemen vijftien jongetjes elk drie strafschoppen in het kader van het Bolleboffentoernooi. In de huis-aan-huiskrant wordt precies bijgehouden welke spelers naar de finale mogen. Vandaag ben ik aan de beurt.

Naar de finale. Dat is mijn doel. Maar dan moet je wel drie keer scoren tegen de doelman van Sparta 1, Pim Doesburg. Van de vijftien jongetjes lukt het er meestal maar een. Pim is zo fanatiek als de pest. Voor je schiet beweegt hij om je uit je concentratie te brengen. Bijna nooit blijft hij staan als je schiet. Altijd achter die bal aan. Compassie heeft hij niet. Zelfs brildragende knulletjes met rood haar laat hij niet scoren.

Je kan een schitterende trofee winnen. Er komt een foto van je in de krant. Misschien word je wel ontdekt door Sparta.

Met Dickie oefen ik om 't hoekie. Ik schiet ze er allemaal in. Mijn kracht is: rechts van de keeper, laag, halfhoog of hoog.

Hoe dichter woensdagmiddag nadert, hoe ner-
veuzer ik word. 's Nachts sta ik honderd keer oog in
oog met Pim Doesburg. De bal ligt op elf meter. Hij
probeert me te intimideren door nerveus op de doel-
lijn te bewegen. Hij roept wat. Een schorre stem, die
in mijn gedachten draagt tot aan het andere doel.
Maar ik versta hem niet. Er zitten er al twee in, nu de
derde nog. Ik schiet 'm keihard in de vertrouwde
hoek. Via Pims vingertop gaat-ie op de paal. Steeds
weer. Over. Naast. Op de paal. Lat. Doesburg lacht.

Nachtmerries.

Er zitten er die woensdagmiddag al twee in, precies als in mijn dromen. Eentje halfhoog, rechts van
Doesburg. Eentje traag – laag, links. Mazzel. Hij is
kankerend de verkeerde hoek in gegaan. Nog een
en dan mag ik naar de finale.

Nu hoor ik wat hij zegt. In mijn droom kon ik 'm
niet verstaan. Nu wel. Hij zegt: 'Deze gaat er niet in,
kleintje. Echt niet.'

Op mijn tiende ben ik geen knokker. Ik kan niet
bluffen of mezelf geruststellen. Ik zeg niet tegen
mezelf: laat maar lullen, die Doesburg, Jan van Beveren is tien keer beter. Gewoon, hard hoog rechts,
zoals bij Dickie, zo hád ik hem moeten nemen.
Maar de bal krijgt te weinig hoogte, hij is ook niet
hard genoeg en hij koerst niet op de binnenkant van
het zijnet aan.

Doesburg tikt de bal er inderdaad uit.

'Ik zei 't toch, maatje!'

Thuis moet ik vreselijk huilen.

'Maar je hebt er twee gemaakt,' zegt papa.

'Nee, ik heb er een gemist,' snik ik.

★

Met Tonnie en Gerard is Eric in de zesde klas mijn beste vriendje. Zijn oom is een beroemde zwarte acteur uit Amsterdam.

Eric leert mij Surinaamse woorden. Elke dag vijf erbij. Trouw schrijf ik ze in een schriftje en leer ze uit mijn hoofd. Eric overhoort mij de volgende morgen op het schoolplein. Op een dag zal ik zijn geheimtaal begrijpen en spreken. Het is het toppunt van vriendschap. Tonnie en ik hebben ook een geheimtaal. We schrijven de woorden achterstevoren op. Maar dat heeft meester Baas een keer weten te ontcijferen ('kaztoolk nee si saab retseem') en dat betekende strafregels.

Eric is twee jaar ouder. Af en toe laat hij bij de Bosjesschool waar we voetballen zijn pik zien. Ik ben gefascineerd door het kroeshaar. Andere vriendjes spreken hun ontzetting uit over de grootte. Eric vertelt dat er spul uitkomt als hij geil is.

Geilman, denk ik. Zo heet de reservekeeper van

Feyenoord. Later zal die zijn naam trouwens veranderen in Gelderman, Bram Gelderman.

'Hoe dan, Eric?' vraagt een van ons.

'Als ik eraan trek. Dan komt er spul uit.'

Bij mij nog niet.

Jammer genoeg heb ik mijn studie Surinaams nooit kunnen voltooien. Op een dag wordt Eric van school gestuurd. Op het schoolplein heeft hij Anita lastiggevallen.

Eric is al maanden verliefd op het grootste meisje van de klas, dat overigens niets van hem moet hebben. Ik snap niet wat hij in haar ziet met die stomme bril van haar.

'Ze heeft borsten,' zei Eric me een paar weken geleden. Zo had ik haar nog niet bekeken. Voor mij is ze het meisje met die stomme bril, voor Eric het meisje met die borsten.

Er zingen twee versies rond:

1) Eric heeft haar in een hoekje gedreven en haar borsten betast;

2) Eric heeft haar zijn piemel laten zien.

Ik denk terug aan een paar woensdagmiddagen geleden. We zijn aan het voetballen bij de Bosjesschool en ineens holt Eric weg in de richting van een jonge vrouw die langs ons veld is gelopen. Tien meter van haar vandaan opent hij zijn broek, neemt zijn pik in zijn hand en roept haar na. Hij staat een beetje achterovergeleund. De jonge vrouw kijkt nietsvermoedend om en rent dan weg. Lachend komt Eric terug om weer aan de wedstrijd deel te nemen.

Wat hij precies bij Anita heeft gedaan wordt niet duidelijk. Haar ouders nemen het hoog op. Lafeber stuurt Eric van school. Zo eindigt mijn studie Surinaams nog voor ik cum laude kan afstuderen.

Ik heb Eric nooit meer gezien. Vrij kort na zijn verwijdering schijnt hij door zijn vader teruggestuurd te zijn naar Suriname.

Ik zal hem nooit vergeten. Mama ook niet. Tot in lengte der dagen zal ze me herinneren aan de ansichtkaart die hij me stuurde toen ik meer dan een week ziek thuis was. Daarop stond geschreven dat hij voor me zou bidden. Hij zou God vragen dat ik snel weer gezond word.

★

Mijn moeder vindt het beter dat ik op de woensdagmiddag dat Feyenoord en Tottenham Hotspur de UEFA Cupfinale spelen de stad niet in ga. Daar schijnt het hommeles te zijn. Dronken Engelse supporters hebben bezit genomen van de binnenstad en daar hebben jongetjes van elf niks te zoeken. Opgewonden luister ik buiten naar het relaas van een jon-

gen die wel is wezen kijken. Op de Lijnbaan wordt geknokt, weet hij, en niet te weinig ook. Een aantal jongens gaat poolshoogte nemen in het centrum. Ik
sluit me braaf aan bij de vriendjes die bij de Bosjesschool gaan voetballen. We spelen Feyenoord-Spurs
vooruit. Ik ben oud-Spartaan Jørgen Kristensen.

Wat ik overdag allemaal heb gemist lees ik de
volgende ochtend in het *Algemeen Dagblad*. 'Dronken
trokken de Britten door de Maasstad. Vaak met ont-
bloot bovenlijf vielen ze voorbijgangers lastig,
drongen winkels binnen, vernielden bewegwijze-
ring. In twee gevallen werden zelfs winkels geplun-
derd. Een modezaak werd compleet, met kassa en
al, leeggehaald, even later een meubelzaak. [...] In
de middaguren vergrepen de Britten zich aan tui-
nen, plantsoenen en vlaggen en reeds toen stond
één ding als een paal boven water: er zou bloed
vloeien in het stadion.'

*

Na de verloren WK-finale van 1974 reken ik toornig
uit dat het WK in 1978 voor mij net te vroeg zal komen. Met zestien jaar in het Nederlands elftal spelen, dat is niet realistisch.

Maar met twintig jaar ook niet. Tegen beter weten in hoor ik in 1982 het volkslied spelen. Luisteren

naar het denkbeeldige Wilhelmus, stoïcijns, kauw-
gom kauwend of anderszins de camera in kijkend,
vervolgens een interland in de laatste minuut beslis-
sen, daar ben ik helemaal in mijn eentje in de huiskamer erg goed in.

Zodra mama boodschappen doet, speel ik een
voetbalwedstrijd met het balletje van onze hond,
Katja. Stoelen, tafels, alle obstakels zijn tegenstanders die ik moet omzeilen. Combinaties ga ik aan
met de wandkast op de poot van een tafel of stoel.
Meestal komt de tegenstander voor, maar in de slot-
fase kom ik los en breng Sparta of het Nederlands
elftal weer terug in de wedstrijd.

Nu gaat het erom: maak ik de winnende nog voordat mama terug is? Met een sliding verover ik de bal.
De huiskamer dreunt onder het geweld van mijn
tackle. Nog voor ik kan scoren, gaat hard de deurbel.

Het is meneer Badeaux. De onderbuurman
vraagt of ik ogenblikkelijk ophoud met voetballen,
want zijn lamp valt er straks nog af. 'Dit is de laatste
keer hoor, anders vertel ik het je moeder.'

*

Morgen spelen we weer eens uit op de Zuid-Hollandse eilanden. Schaamte weerhoudt me ervan tegen papa of mama te zeggen dat ik niet in de vracht-

wagen van Van Bokkem durf. Want wat nou als hij het water in rijdt? Dan verdrinken we als ratten.

Er is geen goedkopere manier om ons te verplaatsen dan illegaal in de afgesloten laadruimte van Van Bokkems bedrijfswagen. Het is verschrikkelijk. Zonder raampje verlies je alle oriëntatie. Zat er maar ergens een klein gaatje, waardoor ik op de weg kon kijken.

Ik vraag me af of we niet zullen stikken. Nergens zie ik een luchtfilter. Als de deuren zich sluiten en we in die lege laadruimte zijn opgesloten, vecht ik tegen het angstspook.

Niemand heeft er verder last van. De jongens laten zich in een scherpe bocht tegen de zijkant vallen. Ze lachen. Als het te gek wordt slaat Van Bokkem tegen de wand en schreeuwt: 'Hé, rustig aan!'

Stilletjes druk ik mijn rug tegen de wand, met mijn voetbaltas tussen de benen. Norbert en Jantje lachen. Eddy en Heintje ook. Iedereen lacht, behalve ik.

Als laatste stap ik de vrachtwagen van Van Bokkem in. We hebben weer een lange weg te gaan. De Zuid-Hollandse eilanden zijn heel ver in mijn belevingswereld. Als Van Bokkem maar niet in het water rijdt, denk ik de hele tijd. Als we maar niet stikken.

★

Een walgelijke geur dringt onze neusgaten binnen. De Gekro werkt vanmiddag op volle toeren. Vaak als we thuis spelen worden er kadavers verbrand op een paar honderd meter afstand. Niet dat wij er immuun voor zijn geworden, maar een zekere gewenning treedt na de vijftigste keer wel op.

Elke tegenstander heeft er moeite mee. Jongens vragen ons wat dat voor lucht is. 'Dat zijn dierenlijken die worden verbrand,' zeg ik tijdens de warming-up.

'Gatverdamme.'

Het gaat als een lopend vuurtje. Die gasten laten zich er hoorbaar door afleiden. Ze vinden het de smerigste lucht die ze ooit hebben geroken. Nog voor we beginnen, staan we thuis al met 1-0 voor.

★

Mijn moeder, mijn broer en zijn vriendin Maaike staan bij hoge uitzondering langs de lijn. We spelen tegen voc. Halverwege de tweede helft, bij een stand van 0-0, maakt een van de kakkertjes hands.

Penalty.

Volgens afspraak neem ik hem. In de D1 heb ik nog nooit gemist en wie er bij Pim Doesburg twee van de drie inschiet heeft rechten natuurlijk.

Als rechtsbenige schiet ik de bal meestal diagonaal in, zuiver en laag. Dat zal ik nu ook doen. Tijdens mijn aanloop besluit ik echter mijn strategie te veranderen. Hard à la Johan Neeskens tegen Sepp Maier. De bal raak ik meer buitenkant voet dan met de wreef en ik zie hem veel te zacht hooguit een meter uit het midden richting doel gaan. De keeper – een veldspeler met een trainingsjackie aan – keert de bal eenvoudig. De jongens van VOC juichen.

De wedstrijd eindigt in 0-0. Ik had de held van vanmiddag kunnen zijn.

Waarom verandert een penaltynemer zijn strategie? Ik vermoed omdat zijn moeder en zijn broer en diens meisje langs de kant zitten.

Honderd keer zal ik de strafschop vanavond missen. En het ergste is: vanmiddag heb ik alle verworven rechten in één klap verspeeld.

'Volgende keer neem ik hem,' zegt Eddy stellig.

*

Onze keeper heet Norbert. Een betere kun je niet hebben. Zelden is hij op een fout te betrappen. Hij voldoet ook nog eens aan het cliché dat zijn soort gek is. Op een middag komt er een doorgebroken aanvaller op zijn doel af. Norbert, lang en een beetje slungelachtig, komt uit en begint plotseling bewegingen en geluiden van een aap te maken. De mensen langs de kant lachen om zijn actie. De spits van de tegenpartij hoort dat en verliest zijn concentratie volledig. Hij schiet de bal zo in Norberts handen. Als de trainer van de tegenpartij begint te schelden ligt iedereen van WIA blauw van het lachen. Die malle Norbert ook.

Hij is de slimste van ons allemaal. Moeiteloos doorloopt hij het atheneum. Samen met Jantje, die maar niet groeien wil, maakt hij bij WIA furore als het duo André van Duin-Frans van Dusschoten. Norbert kent het repertoire van de komiek uit zijn hoofd en playbackt Van Duin en trekt dezelfde scheve bekken. Eerst op een bonte avond, later op bruiloften en partijen en op een zaterdagmiddag treedt hij op bij *Stuif es in*. En ja hoor, Norbert en Jantje winnen de Gouden Stuiver. Wij daarentegen verliezen zonder onze doelman kansloos bij VOC.

★

Nideggen heet het gehucht. We zijn op voetbalkamp in West-Duitsland.

De Duitse inboorlingen noemen Heintje Kunta Kinte, naar de hoofdrolspeler uit de tv-serie *Roots*, die op dat moment wereldwijd te zien is. Ze vragen of ze aan zijn haar mogen zitten, want ze hebben nog nooit een neger gezien, laat staan een neger gevoeld.

'Nee,' zegt Heintje bits.

De inboorlingen bieden geld. De jongens zeggen dat hij het moet doen voor ijsjes en geld. Heintje vindt het helemaal niks maar stemt toe. Maar na één ijsje laat hij de inboorlingen weten dat ze van zijn haar moeten afblijven. Hij laat zich niet exploiteren. Woedend is hij. Uit zijn achterzak pakt hij zijn afro-kam en schikt boos zijn krulletjes. De inboorlingen lachen. Zo'n rare vork hebben ze nog nooit gezien. Eentje vraagt of Heintje daar op de camping ook mee eet.

'Ik ga weg hoor,' zegt Heintje en vertrekt.

★

Op de kermis zie ik hem staan bij de flipperautomaten. Hij is groter geworden in de twee jaar dat ik hem niet gezien heb.

Als ik mijn hand op zijn schouder leg, kijkt hij verschrikt op. 'Hé, gaat het goed met je?'

Hij knikt en zegt: 'Ja, tuuwlijk.'

'Jij hebt mijn Sjors & Sjimmie-boeken nog. Wanneer kom je me die brengen?'

Cowie trekt zijn wenkbrauwen op en liegt dat hij ze niet heeft.

'Welles. Jij hebt ze toen geleend. En toen ben je verhuisd.'

'Nietes.'

'Je bent oneerlijk, Corrie.'

'Moet jij zeggen,' zegt Cowie.

We staan in vechthouding tegenover elkaar. Van een knokpartij komt het niet. Hij boezemt me angst in. Hij gaat vast krabbelen of zo.

'Vertrouw nooit jongens met een hazenlip,' zeg ik om 't hoekie tegen Dickie.

Die haalt zijn schouders op.

★

Heintje heeft een atletisch lichaam. Benen die uit verstrengelde kabeltouwen bestaan. Armen met reusachtige spierballen. Zijn buik bestaat uit brokjes graniet. Zijn huid glimt altijd van het zweet.

Onder de douche leert één blik tussen zijn benen dat hij ons in alle opzichten de baas is. Onze jeugdleider Van Manen zegt op een keer lachend dat ik beter niet naast Heintje kan staan in de doucheruimte. 'Dat ziet er niet uit man. Daar krijg je zelf toch ook een minderwaardigheidscomplex van?'

Het gerucht gaat trouwens dat Heintje Van Manens vrouw, op haar uitnodiging, een tongzoen heeft gegeven bij de toiletten tijdens een bonte avond. Later zal ze van hem scheiden.

Het loopt rot af met Van Manen. Op een morgen

wordt hij dood voor zijn voordeur gevonden, met de sleutel in zijn hand. Een deel van de nacht heeft hij daar gelegen. Van Manen was hartpatiënt en ontzag zichzelf niet. Als hij een biertje dronk, dan wees zijn pink de lucht in, alsof hij een Engels kopje thee consumeerde. Volgens mij heeft hij de veertig niet gehaald.

*

Heintje blijft ons in alles verslaan. In de winter zijn er schaatswedstrijden. Hij sprint ons er allemaal uit. In de finale verliest hij, junior, nipt van eerste elftalspeler Peter Groenendaal.

Als wat jeugdspelers van WIA bokstraining hebben bij de school van Theo Huizenaar, wordt Heintje er na één sessie uitgepikt. Volgens de oude Huizenaar moet hij meteen gaan wedstrijdboksen. Heintje wil niet. De oude Huizenaar vindt het doodzonde.

Heintje blijkt ook nog wilde paarden te temmen aan de Overschiese Kleiweg. De boer laat de wildste hengsten over aan onze kleine cowboy.

Het aardige van Heintje is zijn bescheidenheid, al blijft hij verongelijkt en luid uit de hoek komen zodra hem iets niet bevalt. Soms wordt hij om niets driftig. Ik ben nooit helemaal op mijn gemak bij hem in de buurt, hoewel ik weet dat hij me nooit pijn zal doen of vernederen.

★

Het gekke is: verder dan het Rotterdamse elftal komt Heintje niet. Vaak vraag ik me af waarom Feyenoord of Sparta hem niet nemen. Ze zijn wezen kijken, dat weet ik zeker. Misschien is hij te solistisch? Of is het zijn temperament?

Niemand wordt zo vaak neergelegd als hij. Als hij in het strafschopgebied wordt gevloerd, staat hij nog voor de scheidsrechter kan fluiten op om zijn solo te hervatten. Misschien is dat wel zijn makke: óók scheidsrechters is hij te snel af. Maar vaak willen ze ook niet fluiten. Sommigen hebben het niet zo op zwarten. Ze vinden hem ook veel te brutaal. Maar ja, dat hij protesteert is begrijpelijk, want ze proberen hem echt verrot te schoppen. Heremetijd, ze proberen hem te raken waar ze maar kunnen. Maar telkens kruipt hij overeind. Kwaaier en kwaaier wordt hij.

Op een dag schiet hij, alle schoppen beu en machteloos van woede, een vrije trap expres keihard tegen de scheidsrechter aan. De man heeft hem te weinig in bescherming genomen. De arbiter stuurt Heintje weg. Heel WIA – we spelen thuis – komt in opstand. Ik zie de vader van Eddy het veld in lopen, richting scheidsrechter. Die is plotseling zo wijs om zijn beslissing terug te draaien.

De boosheid en de verontwaardiging komen Heintjes spel niet ten goede. Fysiek incasseert hij alle aanslagen, maar mentaal is hij minder weerbaar. Steeds vaker wordt hij geprovoceerd.

'Nikker!' roepen ze weleens in uitwedstrijden, vooral op de Zuid-Hollandse eilanden. Heintje kan er niet tegen. Hij verliest zichzelf. Hij verliest zo ook het plezier in het spel.

Op zijn zestiende mag hij al debuteren in het eerste, maar zijn animo voor voetbal neemt stilaan af. Heintje begint trainingen over te slaan. Op een dag hoor ik een lid van WIA zeggen: 'Dat heb je met die gasten. Als de winter begint, zie je ze niet meer.' Het is de eerste keer dat er iets lelijks over Heintje wordt gezegd door iemand van onze club.

Er gaan verhalen dat hij drugs gebruikt. Drugs? Heintje? Ja, iemand heeft Heintje zien blowen. En iemand anders heeft Heintje met een paar hele foute gasten gezien. En iemand zegt dat hij zijn huisje niet meer uit komt. Enkele jaren nadat Heintje WIA heeft verlaten, is de club genoodzaakt om te fuseren met De Zomerhof Boys. En zo verdwijnt Heintje uit mijn leven.

Voetbalknietje

Graag had ik gewild dat in één tiende van een seconde een *Studio Sport*-samenvatting van mijn onbeduidende voetballoopbaan aan mij voorbijflitst, zoals mensen in doodsnood de film van hun leven in een *split second* te zien krijgen. Maar het gebeurt niet. Er is alleen gekraak en daarna een misselijkmakende pijn, gevolgd door paniek. Ik weet dat het voorbij is. Mijn vader brengt mij naar het ziekenhuis.

In de dagen dat ik met mijn knie omhoogzit denk ik aan mijn buurjongen Richard, die mij op mijn zevende openbaarde dat er een wereld bestaat die neuken, pijpen en beffen heet. Ik vraag me af of die heilige drie-eenheid evenveel vreugde en euforie teweegbrengt als voetbal.

De film *The Unbearable Lightness of Being* komt voorbij, naar het boek van Milan Kundera.

Deze scène.

Tomas en Tereza liggen in bed. Tereza ruikt dat

hij is vreemdgegaan. En inderdaad, hij heeft haar weer eens bedrogen. Woede en verdriet bij Tereza, je kent dat wel. Op een gegeven moment zegt ze verdrietig: 'O ja, Tomas, je hebt het al duizend keer uitgelegd. Je hebt liefde en je hebt seks. Seks is entertainment, net als voetbal.'

Ik schrijf op een krant wat ze zojuist heeft gezegd.

'Je hebt liefde en je hebt seks. Seks is entertainment, net als voetbal.'

Is dat wel zo? Is voetbal seks?

Zappend kom ik bij Marco van Basten terecht. Hij staat in spijkerbroek voor de geopende kleedkamerdeur van AC Milan te wachten. Meteen het contrast. Zijn ex-collega's dragen voetbalkleding. De wedstrijd tegen Juventus staat op punt van beginnen. Maar eerst zal Van Basten een laatste ronde door San Siro lopen.

Er volgt een staande ovatie. Zijn naam wordt geroepen.

Dan, een shot van Fabio Capello. De trainer is in tranen. Hij slaat een hand voor ogen en snikt. Zijn schouders schokken.

'Lieve Tereza én Tomas,' zeg ik, 'voetbal is soms heus wel liefde.'

★

Voetballen ging niet meer. Spelen op het veld, elf tegen elf, man tegen man, hard tegen hard, schouder tegen schouder, flying tackles, een bal over veertig meter, een slim steekpassje, het lukte niet vanwege een voetbalknietje.

Gelukkig heb ik altijd mijn denkbeeldige bal nog.

Een jeugdvriend heeft mij vroeger eens geprobeerd uit te leggen hoe lekker heroïne is. Hij kon het mij niet duiden. Het schijnt dat je heroïne moet gebruiken om te begrijpen hoe geluk voelt. Of ik het een keer wilde proberen?

Ik heb altijd genoeg gehad aan een bal.

Een bal op straat hooghouden als volwassen man wekt wel argwaan. De kinderen in de straat kijken er niet raar van op, hun vaders en moeders vinden het kinderachtig.

Maar ik heb dus altijd die denkbeeldige bal nog aan mijn voet. Zo is geluk permanent oproepbaar en ik hoef er geen autoradio's voor te stelen.

Zinedine Zidane lijdt elke wedstrijd balverlies. Dat is mij de afgelopen vijfendertig jaar dus nooit overkomen.

Op straat passeer ik mensen met die bal aan de voet. Dagelijks zet ik tientallen mensen op het verkeerde been zonder dat ze het weten. Met een lichaamsschijnbeweging, een schaar of een sleep à la

Romario en Johan Steur ga ik erlangs. Honderdduizenden ben ik er voorbijgegaan. Dat deed ik vroeger en dat doe ik nu ook nog wel. En niemand die er weet van heeft.

Nooit raak ik hem kwijt. Het is het enige in het leven waar ik altijd controle over heb.

★

Zodra ik het portier open, hoor ik gejuich. Ik haast me naar het hoofdveld. Pas tijdens mijn kreupele drafje doorzie ik de zinloosheid ervan. Een herhaling van het doelpunt dat net is gemaakt zit er niet in; het automatisme van voetbal kijken op de televisie. Hier aan de Igor Stravinskysingel in Rotterdam Zevenkamp staan geen camera's.

Ook geen tribunes. Exact tweeënzestig mensen omzomen het veld. Meer dan de helft is voor de thuisclub, De Zomerhof Boys, de rest voor Egelantier Boys. De enige twee Rotterdamse clubs die hun naam aan een straat ontlenen spelen tegen elkaar.

De jongens van het vijfde en zesde zitten binnen aan het bier. Zij verlaten hun kruk uitsluitend om te plassen.

Voetballen in de afdeling Rotterdam is een grillige aangelegenheid. Vóór mijn voetbalknietje heb ik het jaren volgehouden, langer nog dan Heintje.

Goede en slechte wedstrijden wisselen elkaar in de kelder van het amateurvoetbal af zonder dat je er een verklaring voor kunt vinden. Soms is het gemeen, op het smerige af, soms lijkt het wel zomeravondvoetbal. Je ziet knappe voetballers, maar ook motorisch gestoorden. Ze hebben één ding gemeen: geestdrift.

Deze zaterdagmiddag krijgen wij tweeënzestigen een langdradige partij voorgeschoteld. De Zomerhof Boys heeft technisch en tactisch meer bagage, maar de tweede helft lukt niet veel. De onvermijdelijke gelijkmaker valt zelfs. Egelantier Boys is er erg blij mee.

Ach, wat deert het met zulk weer? De mooiste herfstdag die een mens zich maar wensen kan. Achttien, negentien graden. De lage najaarszon tintelt op je huid en werpt lange, trage schaduwen over het hoofdveld. De vlaggen hangen voor dood aan hun stokken.

Plotseling een opleving. Arthur, met wie ik jarenlang heb samengespeeld, zet De Zomerhof Boys met een kopbal weer op voorsprong. Tenminste, dat denkt iedereen. Maar de doelman van Egelantier Boys verricht een katachtige redding. Net Pim Doesburg. Die reflex is goed voor twee punten, want het blijft 1-1. Na het laatste fluitsignaal krijgt de doelman schouderklopjes. Bij De Zomerhof Boys wordt opgelucht kennisgenomen van het feit dat concurrent Leonidas ook gelijk heeft gespeeld.

In de kantine zitten de jongens van het vijfde en het zesde nog aan het bier. Je zou het bijna vergeten, maar een amateurclub draait natuurlijk alleen maar om bier.

★

Op een dag zal ik me het volgende niet meer herinneren:

De doelman van de tegenpartij heeft de reservebal uitgetrapt. Het speeltuig wordt gedragen door de wind en gaat zo hoog dat er ijs op zit. Dan begint het zware leren, veel te hard opgepompte ei te dalen. Ik hoop dat het niet waar is, maar het is onvermijdelijk: de bal zal in mijn buurt landen. De kop moet eronder.

Zesduizend ballen van vierhonderd gram verwerkt de gemiddelde amateur tijdens zijn onbeduidende voetballeven met de kop. Ze hebben een snelheid van meer dan honderd kilometer per uur. Maar daar denk je op dat moment niet aan. De trainer schreeuwt: 'Duel!'

Mijn tegenstander zoekt contact. De trainer schreeuwt nog eens. Ik haat die man. Ik houd niet van koppen, maar ik moet wel, anders kost het me mijn plaats. Op het laatst blijkt er een raar effect aan de bal te zitten, de tegenstander duwt, ik kom niet van de grond. Het leer landt met een enorme kracht op mijn fontanel.

Geluiden sterven weg, het wordt zwart, het is een wijle helemaal stil. Maar na vier tiende seconde schiet het licht weer aan, ik hoor die klootzak van een trainer weer schreeuwen (klasse?).

De tegenstander mag ingooien. Ik heb lichte hoofdpijn. Al duurt het maar een fractie van een seconde, het kost tienduizend hersencellen. Dit is het begin van Alzheimer.

★

Nog een dierbare herinnering:

In colonne reizen we om de week naar Ooltgensplaat, Ouddorp, Stad aan 't Haringvliet, Stellendam, zoals ieder seizoen, maar met hem in ons midden hebben we zoiets van: laat die boeren maar komen.

De vriendelijkst denkbare lichtblauwe ogen gaan schuil achter een Ray Ban. Onder stekels een vierkant bruin hoofd dat weer op een breed gespierd lichaam staat dat zó bruin ziet dat als je niet zou weten dat er zonnebanken bestaan je je afvraagt hoe het toch mogelijk is dat hij óók herfst en winter kan bezweren.

Zonder gouden kettingen lijkt hij waanzinnig op een commando, maar is er geen. Wie hij wel is, wat hij wel is, niemand weet het, hij is midden in het seizoen komen aanwaaien. Het gerucht gaat dat hij net uit de gevangenis komt. Niemand durft hem te vragen of dat klopt.

Hij is wat je noemt een echte versterking voor ons elftal, waar technische spelers de overhand hebben. In zijn eentje compenseert hij alle lichtgewichten en als veertigplusser schroeft hij de gemiddelde leeftijd met een paar jaar op.

Onze trainer, die net zo blij is met hem als wij, zegt dat hij zelden een speler heeft gezien die zo zijn mannetje staat. Onze trainer is gek op spelers die hun mannetje staan. Het is de manier waarop onze aanwinst als voorstopper de duels aangaat. Hoe zal ik het zeggen? Vastberaden, geconcentreerd, keihard, zwijgzaam én fair. Want: ik kan me van hem geen overtreding herinneren. 'Hij gaat altijd voor de bal.'

Zijn truc is dat hij angst inboezemt zonder een woord te zeggen, zonder iemand een haar te krenken. Zonder terreur, zonder intimidatie en met de vriendelijkst denkbare lichtblauwe ogen schakelt hij zijn tegenstander uit. Zijn grote kracht is dat hij in én buiten het veld als een eenling opereert, dat je hem niet kunt plaatsen. Geen medespeler, geen tegenstander krijgt ruzie met hem, waarschijnlijk omdat iedereen voelt dat dat ook maar het beste voor je is.

*

Zaterdagmorgen is beroemd om zijn opgewekt- heid, zelfs als het somber en koud is, zoals nu. Het is over negenen. Ik heb ontbeten, ben door twee kranten gevlogen en op de fiets gesprongen. Op weg naar een jeugdwedstrijdje, op zoek naar de aan- stekelijke bedrijvigheid van een voetbalkantine, de aanblik van voetbaltassen die straks open worden geritst, een kankerende terreinknecht, dauw op het gras.

Langs de lijn bij een wedstrijd van de F-jes ont- waar ik Dirk, een oude voetbalkennis. Dirk was een fanatickc, kciharde spits van een club die eeuwig pendelt tussen de 4e en de 2e klas van de KNVB. Elk jaar was hij goed voor twintig goals en een lichte hersenschudding. Wat doet Dirk hier nou, denk ik, en stap op hem af. Een hartelijke begroeting. Dan begint hij te vertellen. Eerst kreeg hij een dochter, toen nog een dochter, toen nog een dochter en daar- na, eindelijk, een zoon.

Tijdens het vertellen spot ik op zijn voorhoofd en bij zijn wenkbrauwen talrijke littekentjes van won- den en hechtingen. In de lucht was hij voor John de Wolf nog niet bang. Dirk vertelt hoe blij hij was met een jongen, want jongens worden voetballers. Hij noemde hem Glenn, naar Glenn Hoddle, de mooiste voetballer van de jaren tachtig, volgens Dirk. Glenn is nu zeven en gaat verscholen in een kluwen jongetjes.

Hij wijst achteloos naar een knulletje met donker haar.

Tussen al die schreeuwende en bemoeizuchtige ouders lijkt Dirk een buitenstaander. Zo veel kalmte in een man die vroeger niet te houden was. Na een helft begrijp ik wel waarom. Glenn heeft de bal twee keer geraakt. Hij wandelt meestentijds, soms huppelt hij. Voor zover je het nu al kunt zeggen heeft Glenn niet het talent van Hoddle, maar ook niet dat van zijn vader, om van diens fanatisme maar te zwijgen.

Dirk lijkt mijn gedachten te raden. 'Vorig jaar kwamen ze van de club naar me toe. Glenn was een lieve jongen, maar misschien dat ik 'm beter op een andere sport kon doen. Ik probeer het nog een jaartje, dacht ik, maar je ziet het, een voetballer zal het nooit worden.' Dirk doet zijn best de teleurstelling in zijn stem te verbergen, maar dat gaat 'm slecht af. Vroeger kon hij ook al niet tegen z'n verlies.

*

Alleen als we hadden gewonnen gaf Cor ons in de kleedkamer een hand, want hij eiste maar één ding; dat we nou eindelijk eens een klasse hoger zouden gaan spelen. Op zijn hoofd kleefden dunne zilveren haren, achter zijn oren staken gehoorapparaatjes, die in deze holle ruimte weinig hielpen omdat we schelle kreten slaakten vanwege een fortuinlijke en zeldzame triomf. De meeste jongens wisten niet goed wie hij was, maar ze drukten zijn uitgestoken hand, die sinds de vorige overwinning weer magerder aanvoelde.

Hij was er altijd. Buiten de club had hij ook niet veel. Zijn vrouw wilde hem niet meer zien, zijn kinderen schenen hem niet meer te willen kennen. Daarom gooide hij niet zonder wrok de gokkast vol knaken en vijfjes, zodat er straks niets zou overblijven. Al stond hij op achthonderd punten, nooit heb ik hem die zien aftikken. Hij hoefde niet meer te cashen. Hij had toen al k., zoals een clubman me fluisterend had verteld. Krankzinnig dat die k. zei, terwijl wij in het vuur van het spel iedereen de kanker lieten krijgen.

Mijn laatste wedstrijd moet ook Cors laatste wedstrijd zijn geweest. Twee maanden later ging hij dood. Op zijn begrafenis was het niet zo druk geweest, hoorde ik later.

Niemand van de spelers heeft na de zomer nog naar hem gevraagd. Ach, een hand meer of minder na een overwinning, dat valt ook niet op.

Hein

Midden in de nacht kom ik Heintje bij toeval tegen in het hart van de stad. Hij ziet er imposant uit: een oranje reflecterend hesje om het machtige lichaam. Armen die als vanouds glimmen. Ook op zijn voorhoofd staat zweet.

Zijn collega's zijn aan het lassen aan de rails.

Maar is het hem wel?

'Heintje?' roep ik vanuit de auto.

Uitbundig lacht hij naar me. (Nog steeds mooie tanden.)

'Hugo.' Hij steekt een hand op.

Jezus, denk ik, de beste voetballers ter wereld werken gewoon 's nachts aan de tramrails.

Hein heet hij nu en hij werkt bij de Rotterdamse Elektrische Tram (RET). Dat verkleinwoord heeft hij altijd vervelend gevonden, vertelt hij me op een zaterdagmorgen in zijn dijkhuisje in Rotterdam-IJsselmonde. Hij is getrouwd met Anja en heeft twee prachtige dochtertjes, Celia en Dana. Hein, begin veertig, begint op zijn kruin te kalen. Ik zie grijze stoppels op zijn gezicht, maar voor de rest lijkt hij sprekend op het jongetje naar wie ik altijd heimwee ben blijven houden.

'Je lijkt op Pele,' zeg ik.

'Laatst was ik aan het werk en er komt een man op me af en die ging helemaal uit zijn dak. "Jij lijkt op Pele. Jij lijkt op Pele." De gelijkenis schijnt groot te zijn, maar zo goed was ik nou ook weer niet hoor.'

Heins zware lach schalt door het huis. Het is of er niets veranderd is, met dien verstande dat ik hem nu vragen stel die ik vroeger bij WIA nooit zou hebben durven stellen.

'Er werd gezegd dat je aan de drugs was, Hein.'

'Welnee. Ik ben niet gek.'

Die bozige, harde stem.

'Ik heb een tijdje geblowd. Maar wie nou niet op jonge leeftijd?'

'Nooit coke gebruikt? Dat werd gezegd.'

'Eén keertje. Ik werd dertig. Een cadeautje. Niks voor mij. Weet je, mensen zeiden zoveel over mij. Dat ik met verkeerde gasten omging en zo. Wisten zij veel. Ik weet nog wel dat ik op een dag met een stel gasten in de auto zat. Die hadden echt verkeerd spul bij zich, weet je wel. "Jij ook, Hein?" Ik zei gewoon nee, hoor. Ze drongen aan. Maar nee is nee. Niemand laat mij dingen doen die ik zelf niet wil. Ik heb altijd gedaan wat ik zelf wilde. Niemand haalt mij over.'

'Vertel mij wat,' zegt Anja. 'Hein heeft een heel sterke persoonlijkheid. Het woord compromis komt in zijn vocabulaire niet voor. Hij doet precies wat-ie zelf wil.'

Hein: 'Ik kan niet tegen onrecht. Als ik iemand hoor praten over derdewereldlanden word ik boos. Hoezo derdewereldland? We leven in één wereld. Waarom dat onderscheid? Toch?'

'Hoe klein ben je eigenlijk, Hein?' vraag ik.

Beetje snauwend: 'Hoezo?'

'Nou gewoon.'

'1.62. Hoezo?'

'Nou, ze zeggen dat kleine mensen altijd iets moeten compenseren. Jij ook?'

Hij haalt zijn schouders op. 'Ik was een jaar of negen. Frans was de schrik van de buurt vroeger. Een grote jongen. Hij had mijn zusje beledigd. Echt heel grof, weet je. Hij was een kop groter dan ik. Die heb ik toen gepakt. Ik liet hem niet meer los. We lagen midden op straat. Een auto moest stoppen. Het was in de Vogelstraat. Toen sleurde ik hem mee naar het trottoir. Ik heb hem heel lang bij z'n keel vastgehouden. Tot-ie het begreep. Nooit meer last van gehad. Maar dat had niks met mijn lengte te maken. Je moet gewoon niet aan mijn zusje komen. Dan sloeg ik erop. Ik heb veel geknokt op straat vroeger. Die moeder van Frans is nog aan de deur gekomen. Toen zei mijn moeder: "Hein, kom eens hier." Toen die vrouw zag hoe klein ik was maakte ze zich uit de voeten.'

'Bij WIA voetbalde je meer voor jezelf dan voor ons, Hein.'

'Ik was misschien erg met mezelf bezig. Maar er werd best weleens wat geroepen naar me. Dat weet jij ook. Daar kon ik niet tegen. Ik hoorde alles. Misschien was ik daar meer mee bezig dan met jullie. Ik werd natuurlijk ook vaak aangepakt. Ik moest mezelf beschermen.'

'We waren trots op je,' zeg ik. 'Voelde je dat?'

'En toch was ik alleen. Er waren ook mensen in de club die me interessant vonden omdat ik zo goed was. Maar dat had ik heus wel door hoor.'

'Je was de beste. Hoe voelde het om de beste te zijn?'

'Je bedoelt omdat ik zwart ben?'

'Nee, gewoon: hoe voelde het om de kleinste en de beste te zijn?'

'Ik wist natuurlijk ook wel dat ik de beste was. Maar dat moest ik wel steeds waarmaken. Dat viel niet altijd mee.'

'Kom eens met een herinnering,' zeg ik.

'We speelden tegen Flakkee. Thuis, richting kantine. Ze liepen me flink te schoppen, mannen met baarden, weet je wel. Ik was getergd tot op het bot. Wacht maar, dacht ik. En toen kwam die voorzet en ik klom boven iedereen uit, boven al die mannen met baarden, en ik kopte hem keihard in. Bam.' (schatert)

'Je lacht nu weer.'

'Dat voelde als een overwinning. Ik voelde me zo klein als ik was...'

'... ook vanwege je huidskleur...?'

'... ja ook, ik voelde me altijd de underdog. Zo, dacht ik: nu nemen jullie mij serieus. Onderschat mij nou niet. Met die gedachte voetbalde ik altijd. Onderschat mij niet.'

'Ik heb je vaak boos gezien. Er zat veel agressie in je.'

'Omdat ik vaak niet beschermd werd. Als scheidsrechters niet optraden, haalde ik zelf mijn gram. Ik schoot de bal eens keihard in de dug-out van de tegenstander. Die reserves hadden me de hele tijd zitten jennen. Ik heb nooit tegen onrechtvaardigheid gekund.'

'Je had te veel temperament.'

'Heeft mijn dochtertje Celia ook.'

Anja knikt, zie ik.

'Met jouw kwaliteiten had je profvoetballer moeten zijn, Hein.'

'Het is er niet van gekomen. Excelsior wilde me hebben. Ik was een jaar of vijftien, zestien. Ze kwamen bij ons thuis. Maar mijn ouders wilden dat ik mijn school zou afmaken. Die beslissing heb ik altijd gerespecteerd. Ik heb lieve, fantastische ouders. Mijn vader is jammer genoeg dood. Zij hebben mij grootgebracht met de juiste normen en waarden. Toen zij zeiden dat een schoolopleiding belangrijker was dan een voetballoopbaan, accepteerde ik dat meteen. Na school was ik kennelijk te oud voor Excelsior. Ik heb ze niet meer gehoord. Nou, ik heb het nooit als een gemis ervaren. Ik weet wel dat als ik profvoetballer was geworden ik al mijn geld aan goede doelen had gegeven. Er is zo veel ellende in de wereld. In plaats van een lease-auto had ik een fiets willen hebben of een tramabonnement. Geef dat geld maar lekker aan mensen die het echt nodig hebben.'

'Zie je nog mensen van WIA?'

'Soms. Alleen zien dan. Ik heb er geen vrienden aan overgehouden als je dat bedoelt. Dat hoeft ook helemaal niet. Ik ben altijd op mezelf geweest. Ik heb mijn eigen leventje. Mijn gezinnetje. Prima baan. Ik ben gelukkig zo.'

De elftalfoto van WIA C1 is gevonden. Hein en ik

buigen ons erover, terwijl zijn dochtertjes zich giechelend uitsloven in de kamer.

De foto.

Staand van links naar rechts: Cor, Eddy, Evert-Jan, Norbert, Jantje, Rooie Ed, Hugo en Van Manen. Zittend van links naar rechts; Peter, Jan-Willem, Art, Ronnie en Heintje.

Wat er van de anderen geworden is?

Het lot van Cor is ons onbekend.

Eddy is postbode, al schijnt hij nu een binnenbaan te hebben vanwege een rotte knie.

Evert-Jan – Obelix – zwerft, weet Hein.

Norbert zit in het onderwijs, heeft twee zonen, een dochter en treedt nog altijd op als André van Duin.

Jantje is ten slotte toch gaan groeien. Hij heeft een eigen bedrijf opgericht, dat goed loopt.

Rooie Ed zit in de bouw. Hoogstwaarschijnlijk woont hij nog in Rotterdam.

Peter is dierenarts in Engeland.

Jan-Willem heeft een paar jaar in de gevangenis gezeten wegens betrokkenheid bij beroving van de geldwagen waarvan hij chauffeur was. Dat is zeker twintig jaar geleden. Waar hij nu uithangt en wat hij doet is onbekend.

Art is nog altijd die rustige, bescheiden jongen met een aardige baan. Hij woont nog bij zijn ouders.

Ronnie is getrouwd met een Spaanse en heeft drie dochters en een zoon.

Van Manen is dus dood. Hein: 'Erg om zo in je eentje op straat te moeten sterven.'

'Neem die foto maar mee hoor,' zegt Hein. 'Ik heb er nog een.'

Bij de deur begin ik over die keer dat we kikkers gingen vangen. Het is meer dan dertig jaar geleden. Hein herinnert het zich goed.

Een reeks namen van WIA'nen passeert de revue.

'Ken je de broer van Evert-Jan nog?' zegt Hein op een gegeven moment.

Ik knik en zeg: 'Adriaan. Die rooie. Jaar of drie ouder. Een sterke, bonkige, rooie spits.'

'Heeft zich opgehangen,' zegt Hein.

'Voetbal je nog weleens, Hein?'

'Heel af en toe een wedstrijdje met de RET.'

'Denk jij veel aan vroeger, aan WIA?' vraag ik.

'Soms. En jij?' vraagt Hein.

'Vaak,' zeg ik. 'Best vaak.'

Epiloog

Op een zaterdag vond ik mijn geluk terug op een achterafvoetbalveldje. In onze wilde competitie op een half veld met pupillendoelen wisten we Peter Houtman, Ben Wijnstekers en Wlodi Smolarek tegenover ons.

We wonnen.

Bestond mijn geluk uit het winnen van mannen met bij elkaar meer dan honderd interlands achter hun naam? Dat zou flauw zijn. Zij zijn net als wij veteranen, hoe hardnekkig Wijnstekers dat ook ontkent.

Wat het dan was?

Herfst. Wind. Windstoten. Mijn vader stond te kijken, net als vroeger. Noppen en pinnen reten het veld open. Geuren dwarrelden omhoog uit de aarde. Ik werd bedwelmd door de lucht van klei en gras. Voetballen is soms een hallucinerende bezigheid. En verder lieten de slidings van Wilfried met zijn afwijkende gele kousen me niet onberoerd.

Ik ben de eerste die saamhorigheidsgevoelens wantrouwt, maar we speelden fantastisch samen. Eensgezindheid in een voetbalelftal komt niet vaak voor. Het liep, voornamelijk dankzij ex-Feyenoorder Keesjan Snoeck, die zich met oud-Spartaan Bas van Noortwijk in een gehandicaptenelftal moest wanen.

Het klinkt sentimenteel, maar het geluk bestond eruit dat ik besefte dat ik voetbalde met een aantal mensen van wie ik hou of op wie ik anderszins gesteld ben.

Voetballen op zaterdag, dichter bij vroeger kan ik niet komen. En de knie hield het, godzijdank.

Op een gegeven moment zei Van Noortwijk: 'Goeie voorzet, Hugie.' En Wijnstekers: 'Zo trapt Beckham ze.' Het was inderdaad een hele beste voorzet, maar de eerlijkheid gebiedt te zeggen dat ik hem verkeerd raakte. Het onlogische is dat als ik alle ballen verkeerd zou raken ik toch nooit zo goed word als Beckham.

Nou, dat was het wel. Zaterdagmiddag: voetballen, douchen, grapjes in de kleedkamer, iets drinken en dan naar huis, hopen op een krampaanval op de bank. De euforie hield nog even aan, maar zoals altijd verdween het geluksgevoel weer veel te snel.

Deel twee

Heintje Davids

Dit moet het enige boek ter wereld zijn met de epiloog op driekwart van het boek. Zo had dit boek verdomme moeten eindigen, met de epiloog op de vorige bladzijden: de jeugdherinneringen afgerond, Heintje teruggevonden, eind goed, al goed.

Zó liep het ook af in 2004. Ik constateerde hoe ik het geluk hervond op een achterafvoetbalveldje. Ik schreef: voetballen op zaterdag, dichter bij vroeger kan ik niet komen.

Frappant, achteraf, is de laatste zin van het boek. *De euforie hield nog even aan, maar zoals altijd verdween het geluksgevoel weer veel te snel.* Eigenlijk, bedenk ik nu, is die zin de voorbode van alle ellende. Het lijkt wel of ik het noodlot heb afroepen over Hein.

Waar moet ik beginnen?

Het verhaal hiervoor verscheen vijf jaar geleden in een kleine oplage exclusief bij de Bijenkorf. Aan de Coolsingel luisterde Hein de boekpresentatie op. Zodra hij een bal door een met glas bedekt gat in een wandje zou schieten, kon de verkoop beginnen.

Even tevoren vertelde hij hoe verrast hij was dat ik hem uitvoerig had beschreven in *Alle ballen op Heintje*. Dat het boekje aan de Coolsingel ten doop werd gehouden, was aangekondigd in de krant; er was veel volk op de been. Hein was best gespannen. Er stond een cameraploeg en er waren een paar fotografen. Zo had het moeten zijn, dacht ik: de voetballer Heinrich Berthold Enser in het middelpunt van de belangstelling. Ik had in hem altijd de voetbalprof gezien die ik niet kon worden vanwege een afschuwelijk gebrek aan talent. Tegen een paar ploeggenoten van mijn huidige zaalvoetbalteam WIA 4 sprak ik mijn verbazing uit. Hein had immers wél alles gehad om een grote te worden. Hij had de publiekslieveling moeten zijn. Misschien niet in de Kuip of op het Kasteel maar toch zeker op Woudestein, het stadionnetje van Excelsior.

Zijn eerste schot kwam niet in de buurt, maar na de afzwaaier volgde een bal met precisie. Hij ketste af op de rand van het gat. Aan de Coolsingel hoorde je een mooi geluid. Niet uit duizend kelen, maar toch. 'Hoeoeoeoeoe.'

Het glas brak ten slotte, een bevrijdend geluid. Zijn dochters Celia (7) en Dana (5) juichten toen

Hein de laatste bal door het gat schoot. Anja, Heins vrouw, lachte opgelucht, trots.

Ik keek om me heen en zag bekende hoofden. De namen van sommigen van die WIA'nen waren me ontschoten, maar het leek wel of hun hoofden, hoewel ouder geworden, geen dag uit mijn leven waren verdwenen. Anderen kon ik wel benoemen. Hans en Jan van den Berg, Jan Smits, Hans van Dongen, Piet van Bokkem, en niet te vergeten Hans Lierop, die als bode van het schuin aan de overkant gevestigde Stadhuis een thuiswedstrijd speelde.

Dat wij nu allemaal op de Coolsingel stonden was trouwens heel erg geestig. De Coolsingel is een begrip voor voetballend Rotterdam. Een straat voor eeuwig gekoppeld aan Feyenoord, al wordt die voetbalclub er nog maar zelden gehuldigd. En nu stonden wij van WIA daar: de club die vaker verloor dan won, verdwaald op de Coolsingel.

Dat ik Hein had teruggevonden en had beschreven hoe zijn indrukwekkende verschijning mijn jeugd had verrijkt, betekende niet dat ik daarna de deur bij hem plat liep. Hij is nogal op zichzelf en besteedt zijn vrije tijd het liefst aan zijn naasten Anja, Celia en Dana. Die ene keer in 2005 dat ik langskwam, vertelde Hein waarom hij eigenlijk Hein heette.

Hein: 'Als kind vond ik dat ik een vreemde naam

had. Heinrich paste niet bij me. Ik ben donker, woon in Nederland en heet Heinrich. Dat dacht ik. Mijn ouders hebben me vernoemd naar een man die Hitler wilde vermoorden. Heinrich Berthold heette hij, zijn achternaam weet ik niet. Het was in Afrika. De bomaanslag mislukte.'

Er bestond een vage afspraak met Hein om eens te komen voetballen in een van de zaalteams van WIA. 'Ja, waarom niet,' was een antwoord waaruit niet viel op te maken of hij daar nou zin in had of niet. Typisch Hein. Ik brandde eerlijk gezegd van nieuwsgierigheid of zijn talent goed geconserveerd was gebleven nu hij Hein heette in plaats van Heintje. Die daverende schoten, zijn sprongkracht, de dribbels. Bestond dat allemaal nog? Was hij even explosief en buigzaam als destijds? Dat kon toch bijna niet? Maar een vluchtige inspectie leerde dat op zijn lichaam geen sleet zat. Ook wel logisch voor iemand die dagelijks (nachtelijks) in de weer is met ijzer en vuur.

Eind 2006 bereikte me via Anja een alarmerend bericht. Zijn vrouw vertelde dat Hein een paar maanden eerder hardnekkig last van zijn onderrug had gekregen. De uroloog dacht aan nierstenen of een nierbekkenontsteking, maar in oktober bleek het om een gezwel aan zijn rechternier te gaan. Nier en tumor (met een diameter van zes centimeter) werden verwijderd bij een zogenaamde genezende operatie. Bioptie van het weefsel wees uit dat er nog kankercellen op het snijvlak zaten. Hein bleef onder controle.

Ik weet nog dat ik hem na die operatie bezocht. Zijn dochters waren aan het keten en Hein riep narrig dat ze moesten ophouden. Hij had pijn in zijn rug. Zó, geïrriteerd en kort aangebrand, kende ik hem ook. Het was wel vreemd om hem traag te zien bewegen.

We dronken een glas wijn. Spraken over koetjes en kalfjes. Ik vroeg me af of hij, als solist, niet beter een individuele sport had kunnen beoefenen. Hein: 'Misschien had ik wel iets anders moeten gaan doen. Hoogspringen, verspringen, sprinten of schaatsen.' Op die bekende, verongelijkt klinkende toon: 'Ik schaatste iedereen eruit op de Kralingse Plas. Ze vroegen zich af hoe dat nou toch kon? Dat kon niet hè, als donkere hard schaatsen. Goh, hoe is dat nou mogelijk? Maar ik woon ook hier! Vanaf mijn derde!'

Een half jaar later, in de zomer van 2007, belde Hein op. Hij was helemaal hersteld van de operatie. Hij kon alles weer: werken, skaten, fietsen en eigenlijk had hij wel zin om af en toe eens een partijtje te voetballen in de zaal.

Van een stel oudgedienden bij WIA 8 wist ik dat ze Hein er dolgraag bij wilden. Niet in de laatste plaats omdat de oer-WIA'nen Henk Scheenjes, Theo van Tienhoven, Martin Vielvoye en Luc Muijser uitkwamen in de laagste klasse en maar heel af en toe een wedstrijdje wonnen. Hein was razend enthousiast en kirde aan de telefoon van de voorpret. Dat hij zich na al die jaren weer zou gaan hullen in het blauwe WIA-shirt vond hij een heel maffe maar komische gedachte. Zijn aanstekelijke lach leek nog niet verstomd of ik had al contact met Luc Muijser, die ooit met Hein in het eerste samenspeelde. 'Ik zou het hartstikke leuk vinden als *Heintje* bij ons komt voetballen,' zei hij.

Ik onderbrak hem. 'Je moet *Hein* zeggen hoor, Luc.'

Muijser: 'Jaja, tuurlijk.'

Hij vervolgde: 'WIA 8 is erg verjongd. Onze zonen spelen ook mee. Wij ouwetjes zitten na afloop aan het bier, die jonkies hebben het over videoclips. Hein is dus niet alleen qua voetbal van harte welkom. Henk Scheenjes [ooit jeugdtrainer bij WIA] zal het ook ontzettend leuk vinden om herenigd te worden met zijn oude pupil.'

Het ging snel. Luc Muijser en Hein spraken af dat hij zich na de zomer zou aansluiten bij WIA 8.

'Wat een rare familie zijn we toch, hè,' constateerde ik. 'Misschien vieren we in 2027 het honderdjarig bestaan nog.'

'Het lijkt wel,' zei Luc, 'alsof met het verstrijken van de tijd de herinneringen aan WIA alleen maar leuker worden. Hein kwam op mij heel relaxed over trouwens. Meer een denkertje dan een vaatje buskruit, zoals vroeger. Trouwens, weet je wie weer in het ziekenhuis ligt? Piet van Tienhoven.'

Net als mijn vader was Piet ooit voorzitter geweest van WIA. Een nette, vrolijke kerel, met wiens zonen Art en Theo ik in de jeugd samenspeelde. Ik herinner me dat hij gelovig was en heel soms in drift kon ontsteken. Als je vloekte werd hij pisnijdig en dus zeiden we geen godverdomme als Piet in de buurt was. In de WIA-familie hield iedereen rekening met elkaar. Dat soort verbondenheid bestaat volgens mij nauwelijks nog. We zijn niet alleen ontzuild maar ook ontzield geraakt. Ik bespeurde een rare heimwee bij mezelf.

Het deed me wat dat oud-voorzitter Piet van Tienhoven als senior nog weleens een kijkje nam bij WIA 8. Daar speelde zijn zoon Theo, zeker, maar Piet kwam ook om de andere oude makkers aan het werk te zien. Als Piet toekeek, leek het of de tijd had stilgestaan. Een aanstekelijke bulderende lach wisselde hij af met serieuze aanwijzingen.

Net als wij verheugde Piet zich op de aanstaande

rentree van Hein. Maar een paar dagen nadat ik Luc Muijser had gesproken, stierf Piet van Tienhoven onverwacht in het ziekenhuis. Hij werd tweeënzeventig jaar. Bij de dienst in de kerk aan de Hoflaan zag ik veel WIA'nen. Hein ontbrak op deze wrange reünie.

Op een mooie nazomeravond in 2007 kwam Hein opdagen bij XerxesDZB, een fusieclub waarvan een aantal veldvoetballers van de christelijke voetbalvereniging WIA ook deel uitmaakt. In een veteranencompetitie, waar zeven tegen zeven wordt gespeeld op een half veld, bleek Heins eerste schot een doelpunt. Hij riep heel hard 'Ja!' en schaterde luid. Het leek een echo uit het verleden. Iedereen lachte mee.

Bij zijn volgende actie verrekte hij een spiertje. Hein stelde voor om te gaan keepen. Ik heb zelden iemand zo veel lol zien hebben onder de lat. Hij kraaide steeds van plezier. We zagen zweefduiken en wat opviel was dat elke handeling er nog vloeiend uitzag.

Hein was het niet verleerd. Hij viel het meest op van allemaal. Met zijn atletische gestalte en uitgesproken dynamiek stak hij schril af bij de rest, mannen die door buikjes en buiken aan snelheid hadden ingeboet. Het was aandoenlijk dat Hein elke handeling begeleidde met luide aanmoedigingen. Zelfs de tegenstanders glimlachten soms om Heins enthousiasme. Na afloop dronk hij een biertje en fietste vervolgens een stuk op met Luc Muijser. Van Zevenkamp naar IJsselmonde op de grens van Barendrecht, dat is een takkeneind. Maar Hein vond dat wel meevallen.

Nog altijd had Hein zich niet gehuld in het WIA-shirt. Zonder dat we dat uitspraken was dat toch onze missie. WIA bestond nog, veel WIA'nen bestonden nog en Hein al helemaal. Nou ja, hij was onderweg een nier verloren maar dat maakte ons verlangen naar die rentree alleen maar groter.

Ik vroeg me af of het misschien een poging was om de dood te bezweren? Waarom moest Hein zijn rentree anders zo nodig maken? Noem het kinderlijk, sentimenteel, weet ik veel, maar we keken er gewoon ontzettend naar uit. Hein was vroeger onlosmakelijk aan WIA verbonden geweest. Hij was onze zwarte parel, vergeef me het cliché. We wilden het allemaal herbeleven, vermoed ik.

Hein, voor wie speciaal een spelerskaart was aangemaakt, liet echter niets van zich horen. Terwijl WIA 8 hem broodnodig had. De jongens van weleer, aangevuld met een paar zonen en vriendjes van die zonen, verloren meestal.

De zaalvoetbalwedstrijd stond gepland om tien uur 's avonds. Luc Muijser en zijn zoon Jeroen gingen Hein thuis ophalen. Terwijl de koffie werd geserveerd, voerden Celia en Dana het hoogste woord. Luc zag hoe trots Hein was op zijn gezin.

In de Zevenkampse Ring was Hein dwingend aanwezig. Meer verbaal dan sportief, want foutloos voetbalde hij zeker niet. Het ontbrak hem aan ritme. Hein verloor weleens een bal, maar de overgave waarmee hij speelde compenseerde alles. Hoe noemde Hiddink dat ook alweer? Passie! De jonkies keken bewonderend toe, wat niet mocht van Hein, want hij wilde hen betrekken in combinaties.

Het leuke was dat hij niet voor eigen glorie ging. Je moest heel goed kijken, dat wel, maar je zag de klasse ervanaf druipen. Er was wel iets wezenlijks veranderd in zijn spel. Hein bleek als voetballer socialer geworden. Typerend was, mijmerde Henk Scheenjes na afloop, dat Hein niet één keer had gescoord, terwijl ze nota bene met 10-1 hadden gewonnen.

10-1! Dubbele cijfers voor de laagvliegers van WIA 8. Goed, de tegenstander was die avond niet al te best. De jongens van dat team hadden trouwens ook schik gehad in die drukke, grappige Hein. Want hij bleef maar kletsen tijdens het voetballen, net als vroeger. Tegen zijn medespelers, zijn tegenstanders, de scheidsrechter en tegen zichzelf. Geen onvertogen woord trouwens. Hein bleek gewoon de commentator van zijn eigen voetbalwedstrijd. Eentje van Zuid-Amerikaanse afkomst, want bij elk doelpunt daverde er een juichkreet door de Zevenkampse Ring. Toen hij zich even later afdroogde, keken zijn medespelers met evenveel bewondering: geen gram vet, benen als verstrengelde kabeltouwen, reusachtige spierballen, een buik die bestond uit blokjes graniet.

Bij de volgende wedstrijden kwam hij niet opdagen. Aan afbellen deed Hein niet. Of hij het was vergeten of dat hij geen zin had, werd niet helemaal duidelijk. Het werd geaccepteerd. Hein had een status aparte.

Op een avond hing hij wel aan de telefoon. Hij was doodmoe, al een tijdje. Hij zou voorlopig niet komen. 'Bel je wel als het weer gaat?' vroeg Luc Muijser. 'Tuurlijk,' zei Hein. 'December, januari bellen we weer. Als ik me goed voel, doe ik weer mee. Het was leuk.'

'Al doet hij maar zo nu en dan mee,' zei Luc me. 'Het blijft een feest om hem te zien voetballen.' Luc voelde zich geen teamgenoot van Hein, constateerde ik, maar toeschouwer, fan. Zo heb ik me vroeger aan Heins zijde eigenlijk ook altijd gevoeld, bedacht ik. Ik was een bewonderaar. Hein was alles wat ik niet was en daarom was hij mijn idool. Ik had de eer al die jaren met mijn idool te mogen samenspelen. Dat wilde ik graag nog eens meemaken. Ik zou Hein uitnodigen voor een wedstrijdje in WIA 4. Kijken of de oud-profs onder mijn teamgenoten – Henk van Stee, Keesjan Snoeck en Geert den Ouden – net zo onder de indruk van hem zouden raken.

Magere Hein

Op 29 januari 2008 belde Anja. Ze had verschrikkelijk nieuws over Hein. De kanker bleek te zijn uitge-
zaaid naar lever en lymfeklieren. Hein moest gedu-
rende tien weken een chemokuur ondergaan.

Toen ik hem twee weken later eventjes bezocht,
trof ik geen verslagen man. Hij zag er, op zijn Don
King-kapsel na, ongehavend uit. In zijn gedrag bespeurde ik ook geen veranderingen. Hein was ernstig of lachte hartelijk, zoals altijd. Hij had het over
alledaagse dingen.

Hield hij de schijn op? Speelde hij een rol voor
vrouw en kinderen, of was hij mentaal echt niet kapot te krijgen? Het is zoals het is, iets dergelijks zei
hij geloof ik. Anja, Celia en Dana waren in de woonkamer achtergebleven. Hein had me mee naar beneden genomen. Daar, in het onderhuis, had ik al
eens een kijkje genomen. Maar nu zag ik waarom
dit zijn domein was.

Er stond een drumstel. Hein vertelde dat het toestel van Tony Viola was geweest, een markante jazzmuzikant uit Rotterdam. Op een dag had Hein hem zien zitten op een terrasje aan de Oude Binnenweg en sprak 'm aan. Er ontstond een geanimeerd gesprek en een uur of wat later zei Tony: 'Ik heb jaren lopen zoeken aan wie ik m'n drumstel wilde geven. Ik geef hem aan jou.' De muzikant ging naar een verzorgingstehuis en kon niet al zijn spullen meenemen.

Hein ging zitten en begon te drummen. Hij lachte zijn witte tanden bloot. 'Lekker hè.'

Ik knikte. Mijn lippen plooiden zich tot een glimlach, maar ik voelde hoe zijn tomeloze energie mij plotseling lamsloeg. Misschien was het ook wel iets anders. Ineens werd ik overspoeld door een onbestemd verdriet. Hein zag dat niet.

Een paar dagen later vertelde Luc Muijser dat hij Hein had gesproken aan de telefoon. Muijser: 'Hein komt binnenkort een keer kijken als we zaalvoetballen. Zegt-ie tegen me: "Ik kom wel op de fiets." Niet te geloven, hè? Kanker, chemo en dan op de fiets willen komen. Ik heb afgesproken dat ik 'm ophaal en weer thuisbreng. Ik ben bezorgd over hoe het met 'm gaat. En jij?'

'Nou, hij ziet er perfect uit,' antwoordde ik. 'Maar Luc, de lever aangetast, dat gaat niet goed af-

lopen. Moeten we in mei niet een WIA-reünie orga-
niseren of zoiets?'

Eind februari bezocht Hein een wedstrijd van WIA 8
die, vanzelfsprekend, verloren ging. De jongens
waren verbaasd over zijn uiterlijk. 'Je ziet niks aan
'm,' zei Muijser, een beetje opgelucht.

Hein zat op de bank te stuiteren, schreeuwde iedereen naar voren en was de enige die helemaal uit
zijn dak ging als WIA 8 scoorde.

'Ik merk ook wel dat-ie zich zorgen maakt,
hoor,' zei Muijser. 'Hopelijk slaat die chemo aan.'

De weken daarna lieten we Hein met rust. Kaarten
en telefoontjes kreeg hij in overvloed. Van Anja
hoorde ik dat Hein zich heel moe voelde maar wel
zo veel mogelijk probeerde te bewegen. Hij dwong
zichzelf elke dag een fietstochtje te maken.

Wat een contradictie: Hein en moe.

Muijser: 'Chemo sloopt zelfs een atleet als Hein.
Hij zei me: "Ik maak me geen zorgen over dingen
waar ik toch geen invloed op heb." Ik ben erg fata-
listisch hoor.'

Ik had met Luc Muijser te doen. Drie jaar eerder
verloor hij een heel goede vriend, Adrie van Bokkem. Adrie, ook WIAan, haalde de vijftig niet.

Op 27 mei 2008 werd duidelijk dat Heins longen ook waren aangetast. De chemotherapie was niet aangeslagen. De kankercellen waren op verschillende plekken aangegroeid. Fuck. Slechter nieuws bestond niet.

Hein bleek geliefder dan ooit. Er was vaak visite. Zijn collega's John, Ruud, Erik, Rob en Perry vlógen werkelijk voor hem, net als sommige buren. Onder Heins supervisie werd er een terras in zijn tuin aangelegd. Honderden kruiwagens met zand en stenen gingen de tuin in dankzij voornoemde werkmaten, aangevuld met Gerson en Ed. Ze zagen dat Heins spieren nog vervaarlijk konden aanspannen, maar hun altijd zo energieke collega en vriend keek uit zelfbescherming toe. Hij was iets dunner geworden. Hein haalde biertjes en maakte foto's.

Van een familiereis naar Aruba in juni werd afgezien. Een verstandig besluit, want Hein was vaker moe en had pijn in zijn onderrug en buik. Zijn rechterbeen begon op te spelen. Een gezwel tussen ruggengraat en lever duwde tegen een zenuw. Hein ging bestraald worden op die plaats, zodat de enorme druk wat afnam.

Hij klaagde niet of nauwelijks als je ernaar vroeg. Het was Anja die medisch verslag uitbracht. Ze begon aan iedereen die Hein en de familie een warm hart toedroeg een medisch bulletin te sturen.

Dat bereikte ook leden van de ouwe, trouwe WIA-familie. Een aantal oud-gedienden kwam daarop langs. Anderen konden dat niet opbrengen. Wat moest je zeggen tegen iemand die jong ging sterven?

Alle aandacht deed Hein goed. 'Het leidt lekker af,' zei hij.

Ik keek naar Celia, een vermakelijke dramaqueen en Dana, een stoere, sportieve meid.

Hein was trots op zijn dochters. Dana was eerste geworden op haar turnclub en ging over naar groep 7. Voor Celia was een droom in vervulling gegaan: ze was toegelaten op de Theaterhavo/vwo in Rotterdam.

Heins dochters waren op de hoogte van hun vaders ernstige ziekte, maar deden, vertelden Hein en Anja, of er niets aan de hand was. De ouders lieten het voorlopig maar zo. Het was ook niet te voorspellen hoe snel Hein zou aftakelen. Hein en Anja wilden deze zomer genieten van elkaar en de kinderen, hun tuin, hun huis. Nu kon het zeker nog.

Een nieuwe chemokuur werd door de oncoloog van de Daniël den Hoedkliniek afgeraden. Het accent zou komen te liggen op pijnbestrijding. Omdat paracetamol niet toereikend meer was, kreeg Hein een sterker middel voorgeschreven.

'Hein blijft dunner worden,' zei Anja na de zomer. 'Ik zie dat nog minder dan jij natuurlijk. Er blijft niets meer over van zijn spierballen en schouders. Zijn benen doen me denken aan de benen van Ghandi.'

Fietsen ging eigenlijk niet meer. Trappen lopen zou weldra ook niet meer lukken. Tot haar verdriet constateerde Anja dat hij nauwelijks nog de tuin in liep. Vanuit zijn ligstoel in de deuropening keek hij de tuin in.

Alles ging trager. Hein stond later op om zijn krantje te lezen en sliep 's middags in het onderhuis. 's Avonds ging hij vroeger naar bed. Met slaap, wist hij, verlengde hij het leven waarop hij zo gesteld was. Hij hoopte op blessuretijd.

Een van Heins vrolijkste hobby's was stoken. De open haard was nog maar net aan toen het misging. De schoorsteen maakte heel andere geluiden en toen Hein naar buiten liep zag hij dat er vuur naar buiten sloeg in plaats van rook. Binnen vijf minuten stonden er drie brandweerwagens. Het vuur werd in drie uur gedoofd door veertien brandweermannen. Maar bijna alles stonk. Gelukkig bleef het onderhuis rookschade bespaard, zodat Hein daar 's nachts gewoon kon slapen. Besloten werd om de open haard eruit te slopen.

Anja probeerde een patroon te ontdekken in Heins dagritme. Dat was lastig. Per dag verschilde hij qua energie en eetlust. De diëtiste had Hein astronautenvoeding voorgeschreven.

Gisteren was Hein sterk. Ze wandelden naar Gré Mirck. Zij, beeldend kunstenaar, had van Hein de opdracht gekregen om een beeld te maken als aandenken aan hem. Toen Anja het ontwerp zag staan begon ze te huilen, eerder geroerd dan verdrietig. Het was de bedoeling dat het beeld met daarin Heins as in de tuin zou komen te staan.

Art van Tienhoven was langs geweest. Hij had oude foto's meegenomen. Samen haalden ze herinneringen op aan de Kralingse basisschool die ze bezochten en natuurlijk kwam WIA ter sprake. Ze bekeken een videoregistratie van het zeventigjarig bestaan in 1997.

Art van Tienhoven, Luc Muijser en Hans van den Berg bezochten Hein regelmatig. Meer WIA'nen van weleer vergaten hem niet. Het regende werkelijk kaartjes en mails. Zelfs uit Frankrijk was post gekomen, van Francis Cediey. En laatst waren de zussen van oud-teamgenoot Ed Spuijbroek, Petra en Sylvia, op bezoek geweest. Hein genoot van de belangstelling.

John kwam op bezoek. Dat deed hij elke week wel een of twee keer. Heins favoriete collega kende de weg in huize Enser, tot in de keukenkastjes aan toe. Hein en hij waren *soulmates*.

Hein vertelde John over de astronautenvoeding. 'Jaha, ik ben me aan het voorbereiden op een heel grote ruimtereis.'

Een week later namen John en andere collega's Hein mee naar een fietsenhandel. Hij mocht een elektrische fiets uitzoeken. 'Te gek,' riep-ie. Zo kon hij tenminste uitbreken uit zijn krimpende wereld.

7 Oktober, een mail van Anja.

'Heins beeld is geglazuurd. Het is nog mooier geworden. Gré's inspanning helpt ons enorm met ons proces. We zijn haar zeer dankbaar. Hein heeft het idee samen met Gré bedacht, zij heeft het doen ontstaan en Celia, Dana en ik gaan er in Frankrijk een mooie steen bij zoeken. Die steen zal fungeren als basis. Zo hebben we alle vier bijgedragen aan de totstandkoming van een plekje, waardoor Hein altijd bij ons zal zijn.

Als ik eind van de ochtend thuiskom zie ik Heins elektrische fiets in het zonnetje staan. Hein heeft gefietst! Ik word er helemaal blij van. En nog meer als ik Hein lekker in het najaarszonnetje op het terras zie zitten. Hij heeft genoten van het buiten zijn.

Dat was zo lang geleden. De kou langs zijn gezicht en natuurlijk de zon! 's Middags haalt Celia een patatje speciaal van Bram Ladage voor Hein.'

We bevonden ons aan de achterkant van het huis. De herfst hield Heins tuin, die zich lang, smal en diep een meter of dertig uitstrekte, in een ijzeren greep. Hein lag comfortabel onder een deken in de najaarszon, ik zat tegenover hem. De zon warmde mijn rug. Anja had appeltaart bij de banketbakker gehaald. Vogels kwinkeleerden.

Hein vertelde over de geboorte van zijn dochters. Celia, de oudste, huilde niet. Ze keek de wereld in met grote ogen. Dat is nooit opgehouden, lachte Hein verliefd. 'Haar vasthouden. Denken: ze is van mij, weet je, dat is mooi. Als baby was ze stil. Ik herinner me dat ze zo'n jeuk had, vanwege een allergie. Moesten we haar handjes vastbinden, heel zielig.'

'En nu?' vroeg ik. 'Wat is het voor meisje?'

Hein lachte weer: 'Ze beweegt altijd. Vrolijk, heel vrolijk. Altijd. Dansen, kwebbelen. Druk doen. Ze is altijd bezig. Neemt het voortouw. Houdt van theater. Creatief. Ze heeft wel een beetje humor. Net als Dana.'

'Herinner je je haar geboorte ook goed?' zei ik.

Hein: 'Ja. Nog kalmer. Ze straalde meteen rust uit. Ze hield zich afzijdig. Heeft lang gewacht met praten. En toen het gebeurde, meteen hele zinnen.'

Hij dacht eventjes na. 'Ik hou van ze. Ik hou van mijn meisjes. En ik voel dat ze van mij houden zoals ik van hun hou. Af en toe komen ze naar me toe. "I love you Daddy." Zeg ik: "Ik ook van jou hoor." Dat maakt me warm.'

'Hoe is het om ze achter te moeten laten, Hein?'

Hein: 'In het begin heel moeilijk. Ik kan ze niet meer beschermen. Maar je moet toch vertrouwen hebben in ze. Dat heb ik ook. En ze hebben een heel lieve moeder die ze steunt en helpt. Ik heb vertrouwen dat het goed komt.'

'Wat heb je ze mee willen geven?'

Hein: 'Dat het goede van de mens ook in hen zit. Je moet goed doen voor een ander. Dan is de ander ook goed voor jou. Als je vrolijk bent ontmoet je meer mensen dan als je je afsluit.'

'Wat wil je ze zeggen, nu?'

Hein: 'Dat er mensen zijn die van ze houden. Ze moeten later weten dat ze een vader hadden die van ze hield. Als ze weten wie hun moeder en hun vader zijn, dan weten ze wie ze zelf zijn.'

'En wie is – was – Hein Berthold Enser precies?'

Hein: 'Een lachebek. Een simpele ziel. Die houdt van het leven. En die alleen maar dingen doet die Hein Enser wil dat hij doet. Die zich nooit wat heeft laten zeggen. Daarvoor houdt Hein Enser veel te veel van zichzelf.'

Hij probeerde het nog eens. 'Ik ben vrolijk maar wel serieus. Een clown, maar een die ook weleens huilt.'

Twee eksters domineerden met hun intimiderende ratelende geluid de achtertuin. Hein vertelde dat hij zijn zelfvertrouwen had geërfd van zijn moeder, die nog acht kinderen baarde. En zijn bijna overdreven ontwikkelde rechtvaardigheidsgevoel? Waar kwam dat vandaan? Hein haalde de schouders op en vertelde hoe hij als achtjarige zijn klasgenoten vertelde dat Sinterklaas niet bestond. Nou, dat viel op school niet in goede aarde. Heintje had het feest verpest. Hein, schouderophalend: 'Ik heb nooit in sprookjes geloofd.'

Hij botste vaak met het gezag. Bazen, scheidsrechters, trainers of bemoeials. Zodra hij onrecht bespeurde, begon hij te snauwen. Hein zei te hopen dat zijn dochters later ook goed voor zichzelf zouden opkomen. 'Ik hoop dat ze sterk genoeg zijn om nee te zeggen. Je wilt iets niet? Nee zeggen. NEE!'

Hij keek mistig voor zich uit. 'Ze moeten eerlijk zijn ten opzichte van zichzelf. Het zijn diamantjes. Maar als je niet eerlijk bent, ga je minder glimmen. Ik wil dat mijn dochters blijven glimmen.'

Wat de dames gaan worden? Ik vroeg het of hij Nostradamus was, of het medium Char.

Hein: 'Dana gymjuf, of iets in het circus misschien wel. Celia zie ik iets op toneel doen. In welke gedaante weet ik niet. Iets cultureels. Maar weet je, als ze maar doen wat ze blij maakt.'

Hein at een stuk van zijn appeltaart. Een traan bleef hangen in zijn baard. Zijn kaken maalden langzaam. Hij dacht na. 'Ik hield ervan om bij mijn dochters te zijn.' Hij sprak plotseling in de verleden tijd. 'Ik was liever bij mijn dochters dan op mijn werk. Ik ging vaak vroeg naar huis. Dat leverde weleens een conflictje op ja.'

'Zie je op tegen de komende maanden?'

Hein: 'Niet echt. Alles is geregeld.'

'Berust je in je dood?'

Hein: 'Jawel. Nou ja. We gaan allemaal een keer dood. Het is allemaal zo kort. Voor iedereen. Ik geniet van wat ik doe. Nu ook. Die roos ruikt nu niet anders.'

'Geloof je in een leven na de dood?'

Hein: 'Er zal wel iets zijn. Maar ik leef nu.'

'Dankbaar voor het leven dat je gegeven is?'

Hein: 'Ja, ik ben blij dat ik aanwezig heb mogen zijn.'

'Nou, je was nadrukkelijk aanwezig. Wat geef je het leven voor cijfer?'

Hein: 'Een negen.'

'Een negen! Dan heb je er alles uitgehaald.'

Hein: 'Genoeg voor mij.'

'Je klinkt zo ontzettend tevreden.'

Hein: 'Het leven is wat je ervan maakt. Als je valt; blijf je dan liggen of sta je op? Daar gaat het om.'

Blijf nou liggen Hein, dachten we bij WIA altijd. Maar hij wilde niet afhankelijk zijn van de scheidsrechter, denk ik.

'Hoe belangrijk was voetballen eigenlijk voor je, Hein?'

'Voetballen is een leuk spel maar het maakte mij niet uit of ik won of verloor.'

Van dat laatste antwoord begrijp ik geen moer. Hein kon absoluut niet tegen zijn verlies. Ik weet nog goed hoe zijn verongelijktheid en chagrijn kon uitmonden in boosheid. Ik was als de dood voor zijn gesnauw. In zo'n bui bleef ik ver uit zijn buurt.

3 November, mailtje van Anja.

'Hein wil het kunstwerk dat Gré heeft gemaakt vandaag nog in huis hebben. En zo geschiedt. Het past precies in mijn fietstas. Hein vindt het een prettig idee dat Celia en Dana eraan kunnen wennen. En zo kan hij er zelf ook van genieten, zoals Gré het al zei.'

11 November, een mailtje van Anja.

'Hein ligt graag in bed. Dat doet-ie dus ook, de luie donder. Hij eet voornamelijk nog astronautenvoeding, met soms een rare gril, zoals afgelopen zondag. Ineens had-ie trek in babipangang, de nep-vegetariër. Hij heeft er met smaak van gegeten.'

25 November, mail van Anja.

'Vandaag is het drieëndertig jaar geleden dat koningin Juliana haar handtekening zette onder een document dat Suriname onafhankelijk verklaarde. Dat feit vindt Hein belangrijker dan een andere gebeurtenis op die datum: achtenveertig jaar geleden zag Hein het levenslicht op Aruba. Hein wil zijn verjaardag niet vieren. Dat heeft hij eigenlijk nooit gedaan.'

Het eerste wat opviel: naast zijn bed een kerstboompje en een urinaal. Dat ding bespaarde Hein een hoop energie. Halverwege de feestmaand kwam Hein nog maar weinig uit bed. De pijnstilling was opgevoerd. Thuiszorg had een zogenaamd hoog-laagbed verplicht gesteld met antidoorligmatras. Voor Hein aangenaam, want kloppende wonden was wel het laatste waar hij op zat te wachten. Nu kon hij lekker van zij wisselen.

Hein had dat bed per se in het onderhuis gewild. Daar vond hij de meeste rust. Zijn trouwe collega's John, Ruud, Erik en Perry versleepten de piano en richtten Heins domein op een zaterdagmiddag opnieuw in. Achter Hein een dieppaars gordijn als afscheiding. Rechts van hem een boekenwand. Recht voor hem, kamerhoog, een warmrood velours gordijn met daarvoor, schuin rechts, de televisie. Links van Hein, aan de muur waar het bed stond, een plank met onder andere een kaars, een wierookhouder en bloemen. Daarboven hingen kaarten, tekeningen en foto's. Elke dag zette Anja de deuren achter het rode gordijn open.

'Hein is erg broos geworden,' zei ze. 'Van zijn gespierde lijf is weinig meer over. Geestelijk is-ie nog heel sterk! Zijn ogen staan heel helder.'

'Kom maar langs,' zei Anja vanochtend aan de telefoon. 'Vindt-ie fijn.' Elke dag bepaalde zij, met Hein, wie mocht komen en hoelang. Het was 2009, eind januari.

Daar lag-ie, in zijn onderhuis. Hein had een baard van een paar weken. Ik pakte zijn hand vast. Hij kneep er tot mijn opluchting hard genoeg in. Ik zette één bil op het ziekenhuisbed dat in het middenstuk van het onderhuis stond, op zo'n manier geparkeerd dat Hein zicht had op een deel van de tuin. Het voederhuisje was speciaal in Heins blikveld gezet.

Hij keek graag naar de mussen, merels, mezen, eksters en zijn lievelingsvogel, het roodborstje, dat heel het jaar door zingt maar aan het eind van de winter en in de lente het hardst. Hein herkende de luide zang, de hoge tonen, een parelend geluid, gevolgd door tiktik. Ze hebben wel wat van elkaar, het roodborstje en Hein: niet schuw maar behoorlijk solitair levend, en toch ook zeer zorgzaam voor partner en nazaten.

Het was hartje winter, maar zodra het even mogelijk was zette Anja de deur naar de tuin open. De frisse lucht was heerlijk, maar vooral aan de geluiden van buiten was Hein gehecht.

Ik kon beter niet op de rand van zijn bed zitten, zei Anja, vanwege het antidoorligmatras. De druk varieerde doordat er steeds lucht in andere compartimenten werd geblazen. Ik liet zijn hand los en ging op een stoel zitten.

Hein was zichtbaar dunner, maar ik herkende nog steeds geen weerloze, laat staan een terminale man. Toen Hein uit zichzelf de deken een stukje wegsloeg, zag ik hoe mager zijn benen waren geworden.

In gedachten ligt Hein, met wie ik twee, drie jaar in WIA I speelde, op de massagetafel. Verzorger Dolf Antonio kneedt zijn machtige bruine benen. Hij spuit er een soort witte dikke melk uit een etiketloze plastic fles op en masseert Heins verstrengelde kabeltouwen. De huid begint prachtig te glimmen. Als Hein van de tafel springt kletteren en krassen zijn ijzeren noppen op de kleedkamervloer. Ik ga achter hem naar buiten, het veld op voor de warming-up. Ik zie de tegenstanders naar hem kijken, vol ontzag. Met Hein voel ik me sterk. Ze zijn bang voor hem en dus zijn ze bang voor mij, voor ons. We gaan die boeren mores leren!

Hein had de dekens weer teruggeslagen. Achter me speelde de radio. Die moest uit. Hein besloot muziek uit te gaan zoeken voor zijn uitvaart. Anja zette een cd op met harpmuziek. We luisterden. Ik had er niet zoveel mee, maar toch viel er een gewijde stilte. Hein doorbrak die met de opmerking dat hij nu een nummer wilde horen van een gospel-cd.

Ik vroeg weer of hij eigenlijk gelovig was. 'Ik geloof in mezelf,' antwoordde hij, kortaf. Morgen zou er wel een geestelijke langskomen. Heins moeder was daar erg blij om.

We luisterden naar het nummer. Mooi, vonden we allemaal.

'Vind je 't raar om die muziek uit te zoeken?' vroeg ik.

'Nee,' zei Hein bars. 'Jij?'

'Nee. Helemaal niet.'

Ferry van Leeuwen, een jeugdvriend van Hein, was bezig een lied te schrijven, vertelde Anja. Ze hadden afgesproken dat Ferry het op Heins uitvaart zou komen spelen. Het was bijna af. Hun nieuwsgierigheid was gewekt.

6 Februari, mail van Anja.

'Hein is nu letterlijk vel over been en hij kan niet meer op zijn benen staan. Hij slaapt veel en eenmaal wakker leest-ie zijn krantje. Ook kijkt hij tv. Zijn favoriete programma's zijn natuurfilms, sport, Britse detectives en *Opsporing Verzocht*. En Hein heeft natuurlijk genoten van de inauguratie van Obama. Ik ben heel blij dat-ie dat nog heeft meegemaakt!'

'Hein vraagt naar je,' sms'te Anja een paar dagen later.

Toen ik even later langsging, was Heins favoriete zuster Patty ('de Kanjer' vanwege haar zorgzaamheid en toewijding) beneden met 'm bezig. Toen zij bovenkwam zei ze: 'Vijf minuutjes. Hij is erg moe.'

Hein was inderdaad veel magerder geworden. Hij was overduidelijk zichzelf niet en daardoor voelde ik me niet op mijn gemak.

'Ik ga weer joh,' zei ik.

Hij knikte.

'Hoe is het met jou?' vroeg ik boven aan Celia, die thee aan het maken was voor haar vader.

'Goed.'

Anja, die ook in de keuken stond, knikte naar me, zo van: vraag maar door. Haar dochters zwegen namelijk hardnekkig als het over het lot van hun vader ging.

'Hoe vind je het dat je vader zo ernstig ziek is?'

Ze haalde haar schouders op. 'Kut.'

'Celia bedoelt K.U.T.,' spelde haar moeder. 'Kwalitatief Uitermate Teleurstellend.'

'Precies,' zei Celia met gevoel voor drama en liep naar de trap met de kop thee voor haar vader.

Anja: 'Celia en Dana begrijpen wel dat het steeds meer menens wordt. Ze willen er niet over praten. Zo zijn kinderen. Als 't moeilijk wordt, klappen ze dicht. Ze houden zich liever bezig met het nieuwste mobieltje, nagels lakken, skaten en tv-kijken. Ze beschermen zichzelf, creëren hun eigen *way-out*.'

De meiden maakten ruzie boven. Vroeger schalde dan Heins stem door het huis om Celia en Dana tot de orde te roepen. Maar zijn volumeknop was lam. Via het belletje wist hij Celia bij zich te roepen. Stoppen met ruzie maken, zei Hein zacht maar streng. Ze moest maar bij hem blijven.

Samen keken ze zwijgend televisie. Hein liet steeds glimlachend zijn blik op haar rusten, terwijl zij geconcentreerd tv-keek.

Een uurtje later haalde ze op verzoek van Hein haar laptop. Ze liet haar vader zien waar ze mee bezig was. Hein was de klassieke digibeet. Omdat hij maar één computerspelletje speelde, genoot hij weinig achting van zijn dochters. Als het beeld zomaar verdween of het spel vastliep, dan moesten Celia of Dana altijd komen helpen. Om zijn hulpeloosheid moesten ze verschrikkelijk lachen. Hein, die het een beetje overdreef, vond dat prima. Hij werd maar wat graag overtroffen door zijn dochters. Het waren kronkelige paadjes die de meiden beliepen en die zouden leiden naar finale zelfstandigheid. Hein nam er zo een voorschot op. Hij moest wel.

Celia liep naar boven om een kop thee voor haar vader te maken en stak haar tong uit naar Dana. 'Beneden is het lekker toch gezelliger.'

Anja lachte besmuikt. Raar. Ze voelde zich meer verbonden dan ooit met haar gezinsleden. Celia kwam even later weer terug en onafhankelijk van zijn vrouw dacht Hein hoe heerlijk het was dat zijn dochters nu zo dichtbij waren. 'I love you Daddy,' zei Celia.

15 Februari, mail van Anja.

'Thuis praten de meiden liefst niet te lang over papa's toestand. Op school hebben ze het er wel af en toe over met vriendinnen, weet ik via verschillende bronnen. En Celia heeft ook zelf aan de hele klas verteld dat Hein ernstig ziek is.

We hebben de afgelopen tijd geen geheimen gehad voor de meiden. Ook de naderende uitvaart is een onvermijdelijk onderwerp dat ik onlangs bij Celia en Dana heb aangestipt. Ze reageerden in eerste instantie "langs de neus weg" en raakten gaandeweg betrokken toen ik vertelde dat Hein en ik hebben gesproken over het uitvaartvervoer. Het crematorium ligt naast de kinderboerderij waar Hein tientallen malen met Celia en Dana naartoe is gefietst. Hein zal thuis worden opgebaard. Het zal zijn laatste ritje via die route zijn. Het is goed dat de meiden hebben meegedacht en meegesproken.'

'Hein was nog geen twee weken lid van de boksschool of hij mocht al demonstratiepartijen boksen van Theo Huizenaar,' vertelde Ton de Jong. In café Pol aan de Meent zat hij half februari tegenover me. Op de lagere school was hij mijn boezemvriendje. Als ik aan Ton – Tonnie – terugdenk, zie ik weer de jaloersmakende plateauzolen die hij wél mocht dragen van zijn moeder. Gary Glitter had ze aan op foto's in de *Muziek Expres* en de leden van Slade en The Sweet, bands die wij toen verschrikkelijk goed vonden, droegen ze bij *Toppop*. Om met mij en andere jongens te wedijveren had Tonnie die hippe laarzen ook wel nodig. Piepklein was-ie.

Ton werd lid van WIA en bleef lange tijd de sleutelhanger van ons elftal. Pas rond zijn zestiende ging hij onstuimig groeien. In een mum was hij de breedste van ons allemaal. Dat kwam mede omdat hij de boksschool van de in Rotterdam legendarische Theo Huizenaar bezocht. Ton was gek van vechtsporten. Op zijn kamer hingen posters van de jong gestorven Bruce Lee, herinner ik me. Zo rond zijn zeventiende deed hij intensief aan bokstraining. Meer spelers van WIA frequenteerden de in een Kralingse kerk gevestigde boksschool. Grappig, een kerk in Kralingen, WIAanser kon bijna niet. Kralingen was de bakermat van onze club en een Nederlands-Hervormde kerk de leest waarop onze christelijke vereniging was geschoeid. Meer jeugdspelers van WIA gingen boksen. Ik niet.

'Hein was de enigste neger,' zei Ton met die heerlijke Rotterdamse tongval van hem. 'En meteen de lieveling van de trainers. Die waren helemaal gek van 'm. Ze wilden een wedstrijdbokser van Hein maken. Iemand met zo veel natuurlijke aanleg hadden ze niet eerder gezien. Hein kon alles goed, hè! Hij kon schaatsen, niet normaal gewoon. Waarom hij niet doorging met boksen heb ik eigenlijk niet gevraagd vorige week.'

Ton bezocht Hein samen met Gerard van der Wens, een gouden oude WIAan die later in de horeca terecht was gekomen.

'Had je d'r moeite mee, Ton?' vroeg ik.

'Nee. Hein was gezellig, joh. Scherp. Humor. We hebben echt gelachen. We zouden maar een kwartiertje blijven maar Hein zelf zei dat we langer moesten blijven. We gaven 'm energie, zei hij. Het werd een uur. Veel herinneringen opgehaald. Dat we met z'n allen naar Sparta gingen, weet je nog? Op zaterdagavond. We kochten een staanplaats, maar met jouw vaders seizoenkaart die we steeds doorgaven zaten we allemaal goedkoop op de Schietribune.'

Ik herinnerde me die zaterdagavonden goed. Een van ons had een keer zijn fietssleutel verloren. Wie ook alweer? Ton wist het ook niet meer.

'Ben je lid van Hyves?' vroeg Ton, tegenwoordig glazenwasser en schoonmaker van de Baja Beachclub.

'Nee, hoezo?'

'Er is nu een WIA-hyves. D'r staat een oude foto van Ed Spuijbroek op van de bonte avond. Lachen man.'

Ach ja, de bonte avond. Weer zie ik Norbert Sparnaay voor me als imitator van André van Duin. Ik moet Norbert over Hein mailen, dacht ik. Vanavond meteen doen.

Zodra ik had gemaild naar onze malle, slimme, geweldige doelman van weleer, kwam er een antwoord waar de liefde voor Hein vanaf spatte. Norbert, met vrouw en drie kinderen woonachtig in De Bilt, schreef: 'Ik wil aan zijn gezinnetje laten zien hoe fantastisch wij hem allemaal vonden, dus wil ik ook bij de begrafenis zijn als zijn gezin dat ook op prijs stelt. Weet jij of Hein een soort laatste groet zou waarderen? En kun je dan iets zeggen als: "Hein, ik heb gehoord dat je er niet lang meer zult zijn"? Is het voor hem ook zo duidelijk? Is hij daarin reëel? Ik ben zo bang te direct te zijn en aan de andere kant wil ik niet te vaag blijven.'

Met de wetenschap dat Hein realistisch was en mentaal ijzersterk, belde Norbert een paar dagen later met Anja. Binnenkort zou hij langskomen met zijn broer Wilfred, met zijn 2.02 meter de langste WIAan. Diens slidings waren legendarisch. Menige spits dacht dat hij de WIA-defensie achter zich had gelaten maar dan kwam toch nog het uitgeschoven linkerbeen van Wilfred. Wij vonden dat altijd komisch. Als voorstopper deed hij trouwens geen vlieg kwaad. Een zeer beschaafde jongen, die Wilfred.

'Het was altijd leuk om samen met Hein het veld op te lopen,' schreef Wilfred me. 'Fysiek waren we twee tegenpolen, maar toch zo verbonden. Ik was die "lange", die zeker in de jeugd altijd problemen had met tegenstanders die m'n leeftijd betwistten. Hein had toen soms zijn kleur tegen en ook ik moest hem weleens tot rust manen.'

Als Wilfred iets níét had, dan was het temperament. Hein wel, bekende hij: 'De afwisseling van aan de ene kant zijn brede grijns – wat kon hij *smilen*, hè –

en aan de andere kant ogen die vuur spuwden als hem onrecht werd aangedaan; ik zie ze zo weer voor me.'

Hein was onze exoot. Wilfred Sparnaay: 'Het poetsen en smeren van z'n lichaam en verzorgen van zijn haar, dat waren wij totaal niet gewend. De bijzondere kam die hij gebruikte. De voetballer die niet wilde gaan liggen als hij een schop kreeg, hij wilde door, ondanks de vaak extra gemene overtredingen die ze op 'm maakten. Vaak ook onkunde van tegenstanders ver buiten Rotterdam – boeren noemden we ze – die we toen vaak troffen; die waren zo'n aalvlugge speler niet gewend. Ik herinner me nog altijd zijn snelheid, sprongkracht en enorme schot. Heel indrukwekkend.'

Hein zat in een rolstoel. Anja was buitenom met hem op weg naar de woonkamer, maar Hein zei dat ze hem hier in de tuin even moest laten staan.

De lente was in aantocht. Hein rook het. Hij merkte het aan de bedrijvigheid van de vogels. De zon stond ver weg maar zijn wangen begonnen te tintelen van warmte. Hij werd overspoeld door een golf van gelukzaligheid. Boven waren zijn dochters. Er kwam zo visite waar hij heel erg zin in had. Na een paar slechte nachten had hij goed geslapen. Dat zijn zussen Tekla en Cornelly soms voor nachtzuster speelden, was fijn. De gêne die hij in het begin had gevoeld als hij op de po-stoel werd gezet was verdwenen. Hij kon zich gemakkelijk overgeven aan de zorg van zijn naasten. Van zijn hang naar onafhankelijkheid was, fysiek gesproken, niet veel over. Maar het gaf niet. Er was een andere, diepere waarde voor in de plaats gekomen. Hij was aanhankelijk als een schoothondje. Hij liet zich de aandacht welgevallen, ook de externe. Patty, van Thuiszorg, bleef zijn favoriet. Zij vertroetelde hem met smeerseltjes en massages alsof zij een van Heins zussen was.

De twee bezoeken van de dominee hadden hem goed gedaan. Hein was daar verder niet erg mededeelzaam over. De aanwezigheid van de geestelijke bezorgde hem rust, zei hij.

'Achteraf bijzonder dat wij van WIA 8 de laatste ballen op Hein gaven.' Op 1 maart 2009 ontving ik een mailtje van Luc Muijser, waarin hij schreef dat hij Hein niet meer bezocht. Muijser: 'Heb indertijd bij Adrie van Bokkem hetzelfde meegemaakt en toen gezien dat hij, met het voortschrijden van zijn ziekte, het aantal mensen met wie hij contact had steeds meer beperkte. Op het laatst bleven er nog enkele goede vrienden over en voor de rest had hij geen energie meer. Begrijp dus volkomen dat Hein alle kaarten en e-mails voor kennisgeving aanneemt. Begrijp dat jij nog wel contact heb. Hou me af en toe op de hoogte als je wilt.'

Toen Ferry van Leeuwen het liedje af had dat hij een paar weken geleden had aangekondigd te zullen schrijven en het aan Heins bed speelde en zong, hield niemand het droog. Heins jeugdvriend, actief in de Marco Borsato Band, ooit zanger van Boom Boom Mancini, schreef een ontroerend liedje dat heet 'Deze reis maak ik alleen'.

Het gaat zo:

Ga ik door de lucht in een zee van licht
Voel ik nog de zwaarte van mijn eigen gewicht
Zal het stormen zal het waaien of voel ik de zon
Ga ik terug naar waar alles begon

Deze reis maak ik alleen
Ik weet nog niet hoever en ik weet nog niet waarheen
Deze reis maak ik alleen
't Is niet dat je niet mee mag... maar jij wordt
nog niet verwacht

Ga ik in een Rolls, of op de fiets
Dan kies ik voor het laatste want een Rolls zegt
me niets
Mag ik daar nog dromen, iets wensen misschien...
Dan hoop ik jullie ooit weer te zien

Maar deze reis maak ik alleen
Ik weet nog niet hoever en ik weet nog niet waarheen
Deze reis maak ik alleen
't Is niet dat je niet mee mag... maar jij wordt nog niet
verwacht

Zal de wind me dragen op, wie weet, de laatste rit
Om nog één keer uit te leggen dat geluk in kleine
dingen zit

Deze reis maak ik alleen
Ik weet nog niet hoever en ik weet nog niet waarheen
Deze reis maak ik alleen
't Is niet dat je niet mee mag... maar jij wordt nog niet
verwacht

Ferry had het op een cd gezet. Hein en Anja speelden het graag af voor iedereen die langskwam, maar nog liever voor zichzelf.

3 Maart, mail van Anja.

'Hein had het echt heel, heel moeilijk vanmorgen en begin van de middag. Hij voelde zich hulpeloos omdat-ie niks kan doen. Hij huilde en ik huilde met hem. Had wel gepoogd z'n voeten te masseren, maar ook ik zat niet lekker in m'n lijf. Maar zie: Patty van Thuiszorg kwam met haar praktische, meelevende instelling. Patty de Kanjer heeft Hein gewassen, geschoren en ingesmeerd tegen doorliggen. Vervolgens was daar mijn zus Marja, die boodschappen én positieve energie bracht. Marja en ik hebben Hein een twee uur durende stereovoetmassage gegeven terwijl we luisterden naar Ferry's liedje en spraken over engelen en koetjes en kalfjes. Hein voelde zich daardoor stukken beter, en ik ook. Hein is nog steeds wakker en ligt stralend en ontspannen tv te kijken. Mmmmmmm. Het leven is bijzonder.'

Hein had begin maart een tweede ziekenhuisbed gekregen, boven in de woonkamer. Hij was er zo blij mee als een kind, zei Anja aan de telefoon. 'Hij straalde helemaal. Het was gezellig gisteren. Ton de Jong en Gerard van der Wens zijn nog even langsgekomen.'

'Hoe is het nu?' vroeg ik. Anja: 'Vandaag heeft-ie meer pijn. Via de huisartsenpost kregen we zojuist groen licht voor een extra morfinepleister. Gelukkig.'

Met een enorme smile lag Hein op het ziekenhuisbed in de woonkamer. Terwijl hij me met kuiltjes in zijn dunne wangen begroette, pakte ik zijn hand beet en kneep minder hard dan ik van plan was te doen.

Patty de Kanjer liep rond en een knappe jonge

vrouw, Chislaine, een nicht van Hein, zat aan tafel. Anja stak een staafje wierook aan. Even later kwam Ferry van Leeuwen binnen.

Ik rook wiet. Naast Hein, in de asbak, doofde een flinke toeter. Hein stak er de brand weer in. Hij inhaleerde diep. Marihuana is een geweldige pijnbestrijder, maar het was niet voor het eerst dat Hein een joint opstak in zijn leven.

Ze hadden elkaar zelfs ontmoet in een coffeeshop. Om en om vertelden Hein en Anja over die gedenkwaardige dag in hun leven, veertien jaar geleden. Hein zat in de coffeeshop op een kruk en Anja bietste twee vloeitjes. Omdat ze ook geen shag had vroeg ze of Hein haar daar ook aan kon helpen, waarop hij vroeg of ze ook zijn portemonnee nog wilde. Het ijs was gebroken.

Hein vertelde dat het lekkerste plekje om te roken het Rozenburgplantsoen was. Anja en haar vriendin verdwaalden, maar bij de Kralingse Plas kwamen ze Hein weer tegen. Een uurtje later ging Hein mee naar Anja's huis voor een kopje soep. Drie weken later trok hij bij haar in. Anderhalf jaar later werd Celia geboren. De rest is geschiedenis.

Ik had twee cadeautjes meegenomen. Een van mijn favoriete cd's – *Innervisions* van Stevie Wonder – en een *bird call*, een apparaatje waarmee je rollend tussen duim en wijsvinger de prachtigste vogelgeluiden kunt nabootsen. Hein probeerde het ding uit en was verbaasd over het resultaat. Zijn spontaniteit kwam mij absurd voor. Hoe blij hij kon zijn met zo'n kutfluitje terwijl hij...

Heins ziekenhuisbed stond naast de pui. Jammer dat het maar acht graden was, anders konden de deuren naar het terras open. In de tuin maakten vogeltjes elkaar het hof of waren al aan het nestelen.

Heins nicht Chislaine installeerde een nieuw mobieltje voor Hein toen de huistelefoon ging. Het was Norbert Sparnaay. Hij wilde een afspraak maken om langs te komen samen met zijn broer Wilfred. 'Leuk,' zei Hein vrolijk.

Ik zei Hein dat ik niet zo spiritueel ingesteld was maar dat *Innervisions* mij altijd verlichtte. Als er dan een God bestond, wat God verhoede, dan bracht die plaat van Stevie Wonder je vast dicht bij Hem. Zoiets zei ik geloof ik. Ik schaamde me erg voor dit zweverige geleuter, maar toch ook weer niet helemaal.

Ferry vertelde dat hij *The Secret Life of Plants* van Stevie Wonder mooi vond. Een vergeten plaat, knikte ik tegen de muzikant. Ferry installeerde zijn draagbare cd-speler voor Hein. Die sloeg de lakens voor me op en liet me een wond op zijn buik zien. Daar groeide onstuimig een tumor tegenaan, vertelde hij.

'Ik ben mager, hè?'

Ik knikte. 'Niet te geloven Hein, maar ik zie nog steeds iets van je sixpack.'

Het was echt waar.

Wat een lichaam had die man.

Ga ik in een Rolls, of op de fiets
Dan kies ik voor het laatste want een Rolls zegt
me niets
Mag ik daar nog dromen, iets wensen misschien...
Dan hoop ik jullie ooit weer te zien

Maar deze reis maak ik alleen
Ik weet nog niet hoever en ik weet nog niet waarheen
Deze reis maak ik alleen
't Is niet dat je niet mee mag... maar jij wordt nog niet
verwacht

Zal de wind me dragen op, wie weet, de laatste rit
Om nog één keer uit te leggen dat geluk in kleine
dingen zit

Op de leuning van de bank gezeten, direct naast Hein, luisterden we naar het liedje dat zijn jeugd-vriend had gemaakt. Het was magere Hein op het lijf geschreven.

Ik verbaasde me over dit moment. Niemand huilde. Er was geen enkel sentiment. Alsof Heins aanstaande verdwijning geen verdriet genereerde maar volkomen vanzelfsprekend was.

Hoe zei Hein het ook alweer afgelopen najaar in de tuin, toen ik vroeg of hij in de dood berustte? 'We gaan allemaal een keer dood. Het is allemaal zo kort. Voor iedereen. Ik geniet van wat ik doe. Nu ook. Die roos ruikt nu niet anders.'

11 Maart, mail van Anja.

'Chislaine, Heins favoriete nichtje, is gearriveerd. Dat is zo fijn. Ik had haar gebeld met de vraag of ze wilde komen. Celia en Dana zijn ook allebei ziek. Dana is af en toe echt zo zielig huilerig. Vrijdag komen Norbert en Wilfred Sparnaay langs.

Sinds gisteren heeft Hein een morfinepomp. Een minuscuul naaldje levert hem de broodnodige pijnstilling. Hij kan nu zelf een extra dosering nemen. Die pleisters waren niet meer afdoende, geven na een tijdje minder morfine af. Gelukkig is het een klein pompje, een apparaatje dat naast het bed hangt. Hein heeft er geen last van. Godzijdank niet zo'n infuusstandaard. Hein heeft goed geslapen, een vanouds gat in de dag. Sinds hij in de woonkamer ligt gaat dat veel beter.'

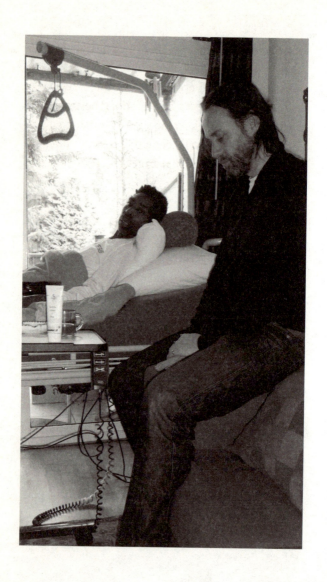

Afscheidskus

Van stervende mensen kun je een hoop leren. De meesten moeten bijna niets meer. Ja, morfine om de pijn te verlichten. In Hein was een transcendente rust gevaren, had ik geconstateerd. Er groeiden in hem niet alleen tumoren maar ook een voor mij onbegrijpelijke dankbaarheid.

Toen ik naar hem keek glimlachte hij. Gelukzalig leek het wel. Goed, het kan ook een beetje aan de wiet hebben gelegen, maar zijn vrolijkheid was niet kunstmatig.

Hein was altijd kind gebleven. Dat bewonderde ik zo in hem. Hein zei kribbig dat hij geen Peter Pan was of zo maar dat kind zijn en een beetje kind blijven wel heel belangrijk is om je door het leven te slaan.

Hein was nog niet bedlegerig toen hij dat zei, al was hij een kilo of acht aan gewicht verloren. Het was die keer in het najaar. We zaten aan de achter-kant van het huis heerlijk in het zonnetje. Hein had het over Celia, die zich de laatste tijd soms gedroeg als een klein crimineeltje met haar puberale grote mond. Hij vertelde dat Dana soms zo opstandig kon reageren, dat ze niet tegen onrecht kon, dat ze erin bleef hangen en dan dreigde explosiegevaar. Hij noemde het vervelende eigenschappen. Maar ik zag dat hij trots was, omdat de meiden in die hoedanig-heid – eigenwijs, opstandig – sprekend op hem le-ken.

Als hij straks dood is, dacht ik, dan bestond hij karakterologisch nog, en omdat ze uiterlijk op hem lijken, bestond hij zelfs fysiek nog.

'Ze moeten blijven lachen,' zei Hein. 'Niet te zwaar tillen aan tegenslag. Als je er toch niks aan kan veranderen moet je het accepteren, doorgaan.'

En toen was er dat sportvliegtuigje.

'Dit is hét geluid, Hein,' zei ik. 'Het geluid van onze jeugd op Laag Zestienhoven.'

Hein geestdriftig: 'Ja. Ja. De tegenstander stopte met voetballen, ze keken omhoog. Wij voetbalden door. Mooi hè.' Hij lachte. 'Hahahaha. Wakker In Alles,' zei Hein schaterend.

'Behalve in voetballen,' zei ik.

Hein: 'We hebben wat verloren, hè.'

'Godsamme. Als we ergens geleerd hebben te verliezen in het leven...'

'De beste plek om te leren omgaan met tegenslag is een voetbalveld,' zei Hein.

Een half jaar daarna keek ik naar wat er over was van hem. Het lukte maar niet om Hein zielig te vinden. Zelfs vel over been was hij zijn waardigheid niet verloren. Dat had ik bij iemand die vakkundig wordt gesloopt door Meneer Kanker niet eerder meegemaakt.

Het leven had hij gewaardeerd met een negen toen ik er destijds naar vroeg.

'En nu Hein?'

'Weer een negen.'

Opeens zei hij: 'Kom eens hier, dan geef ik je een kus.'

Ik bood hem mijn wang. Zijn stoppels schuurden langs de mijne.

Deze reis maak ik alleen
't Is niet dat je niet mee mag…
maar jij wordt nog niet verwacht.

Onze lieve, lieve man, papa, zoon, broer,
schoonzoon, zwager, oom en neef

Hein

is begonnen aan zijn grote reis.
Hij blijft waar hij nu is: in ons hart.

Heinrich Berthold Enser

Aruba, 25 november 1960   Rotterdam, 19 maart 2009

Anja
Celia
Dana

en verdere familie

Hein is thuis. Zijn laatste rit maakt hij op dinsdag 24 maart
naar het Crematorium Rotterdam, Maeterlinckweg 101 te
Rotterdam.

Om 16.00 uur nemen we met elkaar afscheid van Hein.

Geen bezoek aan huis